物語論

木村俊介

講談社現代新書
2129

はじめに

本書は、小説、漫画、美術、映画、音楽……といったさまざまな分野の方々から「ものを語ること」に関して聞かせていただいた考え方を並列に提示したい、という動機から作られている。

簡単に言えば、文芸誌、漫画誌、美術誌、映画誌、音楽誌など普段は各ジャンルの専門誌に掲載されているような作者に対するインタビューを対等に並べることで、より広い意味での物語論を提供できるのではないか、と考えたのである。たとえば本書に登場するほぼ同世代の方々で言うなら、村上春樹氏、橋本治氏、弘兼憲史氏、かわぐちかいじ氏、杉本博司氏、渋谷陽一氏らの肉声も、他のジャンルの方の物語論と比較検討して読んでみたら、より、作家性も際立って響いてくる。そのほうが日常的にさまざまな種類の物語を摂取している人にも刺激になるのではないか。そう感じたのは、おそらく私が日常的に仕事や技術の取材をしているインタビュアーだからであろう。

ある分野の技術論は自然とその隣接分野の技術論につながりうる。また、各人がほとんど人生を犠牲にして何かを開発した過程は、離れた分野にいる人にこそ新鮮に感じられて、また新しい技術の端緒にさえなりうる。だから、本書の「物語が立ちあがる瞬間」の肉声の切実さも、小説、漫画などのワクを越えたものとして届けたいと考えたのである。

取材では、新しい物語の開拓について、物語が作られるプロセスの隙間から見つめようと心がけた。この「隙間」に関しては、私がインタビューの仕事をはじめるきっかけになった、一九九六年、一九歳の頃に参加した東京大学教養学部における立花隆氏（当時は客員教授）のゼミで「空白時代」という単語を聞いて次第に意識するようになったものだ。

真言宗の開祖である空海は、三一歳の時に遣唐使の船に乗り、唐人からいきなり最高の知識人と遇されて密教の秘伝を授けられた。しかし、その空海が一八歳の時に京都の大学に入って間もなくそこをドロップアウトしてから遣唐使船に乗るまでには、どのような修行をしていたのかわからない「謎の空白時代」があったそうだ。このことは立花氏の『青春漂流』（講談社文庫）のあとがきに詳しい。

そうした他人の「空白時代」を聞くことこそが取材であると当時の立花氏はよく話をしてくれ、私はそれを素敵だなと思って取材を続け、そのうちに職業的なインタビュアーとして「他人の空白時代を聞くという空白時代」を過ごしてきたようなところがある。今も、「他人の過去を聞くこと＝語られていない隙間を直《じか》に聞くこと」と考えているのだ。

声の隙間や細部にこそ時代が反映されている、直に聞いた声で時代を描きたい、と私が考えるようになったのは、以前、斉須政雄氏という料理人に聞いた「若い人が社会に出ると幻滅するのは、新聞やテレビで報道されていない隙間にあるミもフタもない不文律のような事実こそが社会を動かしているのに、そのミもフタもない事実が通常は知らされていないからではないか」という話に影響を受けたからだろう。この取材は『調理場という戦場』（幻冬舎文庫）と『少数精鋭の組織論』（幻冬舎新書）に聞き書きでまとめている。

そのため、私は取材者としては、大きい事件などからではなく、生活時間のかなりを過ごす仕事や技術の現場でのディテールを取材してきた。本書ではその意識の延長線上で、物語を開発する最中の細かい隙間についての生の声を拾う、という方針を採用している。

ここからはじまる本文では、取材者は姿を消している。ムダな言葉はひとことでも削りたいし、読んでくださる方には、より直に、より深く、発言の中に潜りこんでいただきたいからだ。取材者なりの評価や質問の内容などは、肉声の選択と配置で提示している。ただ、伊坂幸太郎氏への取材だけは、合計で五時間ほどの長いものになったため、話題の推移を追いやすいよう、取材者の質問の言葉も（最低限ではあるけれども）残しておいた。

目次

「道のないところに、何とか道を造っていくしかありません」村上春樹／小説家

小説家の村上春樹氏（一九四九年生まれ）には、翻訳についてを中心にではあるけれども、「翻訳が唯一の文章修業だった」という談話を、二〇〇八年の一二月八日に聞かせていただいている。初出は、「週刊文春」（文藝春秋）二〇〇九年一月一日・八日新年特大号だった。

二〇〇三年にサリンジャーの『キャッチャー・イン・ザ・ライ』（白水社）を新訳してから、〇六年には『グレート・ギャツビー』（中央公論新社）、〇七年には『ロング・グッドバイ』（早川書房）、〇八年には『ティファニーで朝食を』（新潮文庫）と古典の新訳を続けています。

どれも、僕が一〇代の頃に読んで好きだった本です。一〇代の読書体験というのは、すごく残るんですよね。それが、僕自身でも小説を書く時の滋養になってきた。

一九八一年に、フィッツジェラルドの『マイ・ロスト・シティー』（中公文庫）を訳してから翻訳はコンスタントに少しずつやってきたんだけど、本業は小説家ですから、この四作を訳せるだけの力をつけるまでには二〇年近くの準備が必要でした。

新訳をした中で比較的風当たりがきつかったのは『キャッチャー・イン・ザ・ライ』と『ロング・グッドバイ』でしたね。どちらも四〇年か五〇年ぐらい前に定評のある翻訳が出ていたので、その日本語の文体を青春の書として刷りこんでいる中高年には「聖域に土足で踏みこまれた」と感じる人もいるみたいなんです。そのいっぽうで『グレート・ギャツビー』の場合はすでにいろいろな訳が出ていたせいか、僕の訳も割にすんなり受けいれられたという印象がありました。

ただ、言葉ってどうしても古くなっていくものですから、五〇年も経てばそろそろ賞味期限が切れはじめるのは当然でもあるんです。これから読む若い読者のためには、台詞《せりふ》の言いまわしも含めて新訳はどうしても必要になるものではないでしょうか。逆に言えば、これから五〇年ぐらい先のことまで考えて、すぐに古びてしまう若い人の言葉をなるべく使わないなどと工夫して翻訳しなくちゃいけないとも考えているんです。

昔の翻訳には「ミステリーなんだから話が通じさえすれば細かい部分は省略してもいい」という考え方もありました。ただ、その時期と比べると、翻訳の技術やコンセプトもずいぶん変化してきていて、今の主流は、省略はしないで精密に翻訳をしていくというものです。僕も、とくにすでに古典という評価のある小説についてはそうあるべきだろうと思っています。

それに今は辞書もいいものがあるし、インターネットなどで調べられることも増えて、しかも僕自身も海外の人たちとの交流が増えたせいか、調べれば、聞けばわかるということが具体的にあるわけですね。

数十年前の日本の環境ではいくら調べてもわからなかった固有名詞の意味も正確にわかるようになりました。そういう意味では僕が新訳しているものは、影響を受けてきた小説の中でも、英語で、しかもそろそろ翻訳の賞味期限が切れかけているという作品と言えるのかもしれません。『悪霊』や『カラマーゾフの兄弟』はロシア語だから僕には訳せないし、ヴォネガットくらいの時代の訳はまだまだ古びていませんから。

なぜ、小説家である僕が今この本を訳したかについては、新訳のあとがきでは毎回伝えるようにしているんです。僕にとって新訳をする目的のひとつは、小説家としての自分の出所をはっきりさせることなので、この小説からはこういう書き方を勉強したという文章修業のようなものをあとがきでは辿《たど》るわけですね。

翻訳って究極の精読なんですよ。一字一句を揺るがせにできない中で熟読するので、すごく小説の勉強になる。作家や文壇とのつきあいもほとんどない僕にとっては、翻訳が唯一の文章修業みたいなものでした。

わからないところがあれば、一日中、たった一行の文章とにらめっこして考えこむのは、小説を書く上でもいい頭の運動になるんですよ。

たとえば『グレート・ギャツビー』の文章は非常に美しいけれども、とにかく普通に順番通りに訳していっても、もうひとつすっきり筋が通らなくて、良い日本語の文章にはなりにくいと感じました。

すべての単語を僕が置き換えて分解して、またくっつけなおさなければうまく意味が通じないのですが、しかも、フィッツジェラルドが美しく書こうと決めたキモの部分ほど筋が通っていないんです。だからこそフィッツジェラルドはすごいんですよね。そのすごさになんとか最後までしがみついていかなくちゃならない。

チャンドラーの場合は、書きたい部分についてはもうこれでもかというぐらいにみっちり書きこんで、あとはスッと流していく。その文章の呼吸法がすばらしいと思います。カポーティに関しては、自分とはちがう文体だけど、感覚の部分で、どういう目線で状況を切り取って文章にしていくのかがとても参考になりました。

翻訳をしていていちばんむずかしいのは、英語のリズムをリアレンジして日本語のリズムに変えなければいけないところです。リズムがないと人は文章を読めませんからね。

英語のリズムのまま訳したのでは、日本語のリズムにはなりません。言葉の配列や句読点の位置などについてのそれなりの取り替え作業を行わなければならなくて、ふたつの文をひとつにつなげたり、あるいはひとつの文をふたつに分けたり、というのも、あれはリズムを出すためにやっているんです。

いちばんダメな翻訳は、読んでいるうちにわからなくなってしまって、何回も前に戻って読み直さなければならないものでしょう。そういう意味でもやっぱり文章の命はリズムですから、話をトントンと進めていったほうがいいんじゃないのかな。ちなみに、今、僕は新訳で『カラマーゾフの兄弟』を読み直していますけど、あれはほんとうに途中で立ちどまらなくていい、読みやすい翻訳ですね。

僕は朝は四時ぐらいに起きて午前中は小説を書いています。翻訳は、言ってみればパスタイムとして、一日の仕事が終わってから純粋に楽しみとしてやっていることなんです。小説を書いている時にはものすごく集中しなければ書けませんから音楽を聴く余裕はないんですけど、翻訳は音楽をかけながらやれるのがうれしいですね。

今日は、さっきまで一九六〇年代のR&B……サム・アンド・デイヴとか、ブッカー・T・アンド・ザ・エムジーズとかをかけていました。前の日から、明日はあれにしようとテーマを決めてレコードを机の横に積んでおくんです。ＣＤをかけるよりは、レコードのほうがはかどるような気がする。

翻訳をしていると、励まされるんですよ。『ティファニーで朝食を』なんて、訳していると、こんなにもうまく文章が書けるのかと感心しますけれど、カポーティはこれを書いたあとに苦しみ抜くんですよね。そうやって、翻訳している時には、小説を書くという営為のすばらしさもきつさも同時に痛感するんです。

フィッツジェラルドも人生のトラブルを抱えながら、一世一代のこれしかないというギリギリのタイミングで『グレート・ギャツビー』を書いた。チャンドラーも、重病の奥さんを看病する傍《かたわ》らで、酒害に苦しみながら身を削るようにしてコツコツと『ロング・グッドバイ』を書いた。

こういう立派な小説はそうやって生み出されてきたんだなぁと思うと、こちらも身が引き締まるんですよね。それに、これはどんな分野でもそうだろうと思いますけど、これはすごい、と自分がほんとうに一〇〇パーセント認められる実例がちゃんと存在していると思えることはすばらしいですよ。それはちょうどギャツビーにとっての沖合の緑色の灯火《ともしび》のようなものですね。僕にとっては、それが新訳を手がけたこれらの小説なんです。

一九九〇年代まで、ティム・オブライエンやレイモンド・カーヴァーなど、同世代の作家の小説を翻訳していた頃には、いろいろな方法やスタイルを勉強したいという動機もあって、それぞれに「あぁそうか、こういうやり方もあるんだな」みたいな新しい発見がありました。

ただ、傲慢に聞こえるかもしれないけれど、今、それなりの年齢になってみて、学ぶべきものはだいたい学んだなという印象があるんです。あとはもう、自分の手で自分の方法を拓《ひら》いていくしかないんですよ。道のないところに何とか道を造っていくしかない。

今、書いている長編小説（取材当時に執筆中だった『1Q84』）は、すべて三人称で書いています。昔は一人称でしか書けなかったけれど、『海辺のカフカ』（新潮文庫）では一人称と三人称を交互に出して書いて、その後には、短編集の『東京奇譚集』（新潮文庫）と中編の『アフターダーク』（講談社文庫）で三人称を試して、それで今回の長編に持ちこんでいるんです。

つまり、長期的に見ると、僕は一人称から三人称に徐々にシフトしてきているわけですね。新訳したのはたまたまどれも一人称の小説だけど、こういうものを訳せるようになったのは、今の時点では、もう一人称の文体とある程度の距離を取れるようになったというのが大きいのかもしれません。自分に密着しすぎているものって、やっぱり訳しにくいですから。

体を鍛えていることもそうですけど、僕にとっての翻訳って、今よりほんのちょっとでもよい小説を書くために続けてきたものなんです。僕は小説家として、ほんとうに欲が深いんですよ。でも、すべての小説家は自分の書くものに対して欲深であるべきなんじゃないのかなとも思います。現状で満足をしていたらどうしようもないですから。

僕はもうかれこれ三〇年も小説を書いてきたことになりますけど、ほんとにまだ発展途上だと思っています。だから、他人のことをとやかく言えるような余裕はまったくないんです。目の前にある、今、自分が書いている小説のことだけで精一杯ですから。

「自前の情報で、仕事をしています」

橋本治／小説家

小説家の橋本治氏（一九四八年生まれ）には、最近二〇年間の時代の変化とそれに対応する仕事について、二〇〇九年の五月一一日に取材をさせていただいた。初出は「小説トリッパー」（朝日新聞出版）二〇〇九年夏季号だ。

昭和が終わった年のことを『'89』（河出文庫）という本にリアルタイムで書いていました。

あの本に書かれていなかったのは経済についてのことです。でも、一九八九年の後に日本で問題になるのは経済についてのことばかりなので、そのことに対する「これでいいのかな」という引っかかりは、書いている途中でも感じていました。ただ、当時はまだ株価が落ちたぐらいで、バブル経済という単語さえ知られていなかったんです。日本で、バブル経済という言葉が一般的に理解されるようになるのは、公的に「バブルが弾《はじ》けた」とされるよりもずっとあとで、ほとんどオウム真理教が地下鉄サリン事件を起こす前後、つまり一九九五年に差しかかったぐらいだったんじゃなかったかな。

一九九二年には、今はペンディングになっているけど、日本の地方都市をテーマにした長編小説『人工島戦記』を書くために私は某地方都市にいたので、その頃のことはよく覚えているんです。地方都市では、明らかに、まだバブルは弾けていないことになっていた。「東京では悪い人たちが悪いことをしていたからバブルが弾けたのであって、うちの地域ではそんなことは起こらない」という様子でしたもんね。

一方で、私は一九九一年から四年間は「週刊ヤングサンデー」（小学館）で「貧乏は正しい！」という連載を書いていました。自分としては、日本の経済が破綻《はたん》したんだから週刊漫画雑誌の読者が貧乏なのは当然と思っていたんです。

経済が破綻したという自分たちの現状を肯定できなかったら、何もはじまらないだろうという意味を籠《こ》めてこういうタイトルを付けました。ただ、これには「貧乏は正しいけれど楽しくない」というオチもつくんです。正しいことって、だいたい楽しくはないですから。

そうやって連載をやっていたにもかかわらず、「ヤングサンデー」の編集部は、これがバブル崩壊後の話を扱っているとはあまり気づいていなかったんですね。連載が本になって、さらに文庫になったぐらいの時期にようやく編集者から「これって、バブルが弾けたあとの話だったんですね」と。ですから、東京でも地方でも、日本の中で「バブルが崩壊した」と理解されるまでには、ずいぶん時間がかかっているんです。

昭和が終わったあとの日本について、日本人は、何かが終わって、何かを新しくしなければならないと理解はしていたんだけど、その「何か」がずっとよくわからないままだったんですよ。当時のわかりやすい事実は、昭和天皇が亡くなったということだけでしょう。ただ、一九八九年の西洋人にとってのショックはベルリンの壁の崩壊だったわけですよね。

日本人って西洋人の視点を媒介しないで自分たちでものごとを分析する能力がないらしいから、昭和天皇がいなくなったこととの何がショックだったのかがわからないままだったんですね。一九八九年って、日本人にとっては「頭」を失った時期なんですよ。日本では、組織の長がものを考える役割も担ってきたわけだけど、頭脳という意味での「アタマ」も、頭領という意味での「かしら」も失われていった、それが昭和天皇の死に象徴されていたんです。

昭和天皇が亡くなる前後にはいろいろな分野での「頭」だった人たちが立て続けに死ん

でいって、そのことで日本の文化はものすごく変わってしまったのではないでしょうか。手塚治虫や美空ひばりが一九八九年に死んだあと、漫画や歌謡の世界に興隆があったかと言ったら、繰り返し手塚治虫や美空ひばりのリバイバルがあったぐらいで、ほかの分野でも「アタマ」も「かしら」もいなくなった時代が、日本では今に至るまで続いてきたんです。

「頭」を失ったというのは、家族という日本人にとってもっとも小さい単位の集団でもそうで、昭和が終わったら、父親の存在意義も薄くなって、家族って何だろうということも、家族を形成するための結婚という制度もわからなくなっていきました。

いつしか結婚が個と個の結合みたいなものにされてしまったことで、愛があったら何とかなるだろうなんて思いこみも生まれたわけです。すると、家庭には男女のエゴが渦巻いて、簡単に破綻するしかなくなりました。男と女が集まって作った家族というひとつのシステムを動かすためには、そのための「頭《かしら》」が要るのに、それをなしにしてしまったものだから、家族のあり方がわからなくなってしまったんです。

そのような状況がどのように作られていったのかについては、もちろんもともとは近代とは何かというところまで遡《さかのぼ》らなければならない問題でしょう。ただ、端的に言うのならば、昭和のある時期、戦前から戦後にかけてだんだん作られていった「頭」の崩壊が徐々に進んでいったのでしょうね。天皇を「頭」にした日本の国が強圧的に国民を戦争に向かわせたけど、戦後はアメリカに民主化されて天皇も象徴としてのひとりの人間になり、日本人は集団から個に解体されてしまいました。

「日本人は、アメリカ人のように個人単位のシステムではやって来なかったのに、個として解体されてしまったらどうなるのだろう?」というのが、日本人にとっての戦後の数十年間ですよね。その疑問が日本人の間で共有されていたかどうかは知りませんが。一九八〇年代に差しかかるあたりから言われていた「ニュー・ファミリー」と呼ばれる家族像についても、話題にされはじめた段階で「これが家族でいいのか」という疑問が出されていたし、そのいっぽうで従来型の家族も、家庭内暴力などによって否定されていきました。

そういう日常の断片が少しずつ日本を侵食していったんだけど、あ、ほんとうに「頭」がいなくなっちゃった、と見えるかたちになったのが昭和天皇の死だったのではないでしょうか。ただ、日本人にとって昭和天皇の死はほんとうにショックだったんだけど、それがなぜショックだったのか、何がそこで崩壊したのかはわかっていないままでした。

さきほど話をしたように、昭和天皇の死の時点では、まだ、日本経済は破綻していなかったのだから、この「頭」の崩壊は、経済の問題ではなかったことだけははっきりしているんです。しかし、バブルが弾けて不況になってしまったら、日本人は経済さえ回復させれば何とかなると思いこんでしまいました。

経済を回復させることしか考えなくなるから、本来回復されるべき問題が見えなくなって「これはもともとは経済ではなくて人間の問題なんだ」という根本の原因も見えなくなったんですね。その頃から今まで、たとえば日本の政治の「頭」もずっと不在のままでしたよね。首相はいつも短命で、それに今日（二〇〇九年五月一一日）は民主党の小沢一郎が代表を退いた日だけど、こういう時も「後任がいない」ということばかりが問題になるでしょう?

人間の集団は「頭」を必要としているのに、今の日本では「まぁ、みんなの代表なんだからあんまり深く考えないでやってよ」みたいになっている。でも、そんな集団の「頭」なんてあるもんかと思ってしまいます。

……と、日本人が「頭」を失ったことについて話をしてきたけど、ここまで明快に問題の解答を出されても、人って「じゃあどうすればいいんですか」と、ますますわからなくなるんですよ。でも、更に言うなら、もともとはじめからわかりやすい生き方なんてなくて、それがあると思いこんでいたこと自体がまちがいだったということにもなるんですけど。

私は戦後生まれの人間なので、戦後二〇年の節目が東京オリンピックだというのはよくわかるんです。自分が二〇歳になった一九六八年には、改めて、少し前に「戦後二〇年」と言われていた頃の時間感覚を考えて、二〇年前は大昔じゃないかとも思っていましたが、今の、昭和が終わって二〇年後というのはそれとはちがいますよね。

昭和が終わったことで、何が終わって何が変わったのか、誰もわからないまま、変化がなかったことにされているので、かつての「戦後」というような意味での時間による変化の質はないんです。

ただ、この二〇年間で個人的に大きな問題だと思って、しかも現実に失望したのは、地下鉄サリン事件が起きたあとに、オウム真理教の問題や矛盾について誰も悪く言っていないように見えたことでした。怖いから言えないならまだしも、あんまり怖いとも思っていないまま、「まぁ、いいんじゃない?」みたいなスタンスで語られていましたから。

昭和が終わったことを知らされた時、私ははっきりと「おれは自由になった」と思いました。それは直観で、どのように自由になったかについては、しばらく他人にはうまく説明ができないいままだったんです。

この解放感は何だろう、と思いながら数年が過ぎていきました。そこで、山の中でひとりで仕事をすることになって、考える時間ならいくらでもあるとなってはじめて、あ、自分は「昭和」というイデオロギーに合わなかったんだなとわかりました。これ、聞いているほうとしてはわかりにくいかもしれませんが、私に合わなかったのは「昭和という時代」のイデオロギーではなくて、「昭和」というイデオロギーなんです。

戦前とか戦後とか特定の「時代」のイデオロギーに合わなかったのではなくて、戦前も戦後も両方含めた「昭和」のイデオロギーに合わなかった……このことを説明するには、「日本の近代とは何だったのか」からはじめなければいけないので、当時それについて書くことはなかった。のちに二〇世紀について一年一年振り返るという連載をはじめて、あらためて昭和ではなくて二〇世紀という時代の幅でものを考えるようにはなったんですけど。

二〇世紀を振り返ったというのは、二〇世紀の一〇〇年を一年刻みで見られる年表が欲しかったのにどこにもないから自分で作ろうとしただけのことです。ある時期から「大死亡時代」と呼べるような時代がはじまったと思っていたので、自分で年表にそれぞれの年に死んだ人を書きはじめると、一九八〇年代にその傾向が集中していると気づかされました。

そういう事実って資料を見ているだけでなく自分の手で資料を作って打ちこんでみなければわからないもので、手で覚えるということは歴然とあるんですよ。人の死というものはいつも訃報としてニュースにはなっているけど、そのまま放っておいたら、人間は個人的に思いいれのある訃報に反応するだけで終わりにしてしまいがちなんです。

それでは、死んだ人がそれぞれどのような「場所」を成立させていて、その人の死によってどういう状況が終わっていくのかについては、まるで考えられないままになってしまう。それ自体は客観的で断片的な訃報を記録するだけでも、その集積が何かを物語ってしまうことはあるんですね。昭和が終わった一九八九年というのは、そういう「頭」の人たちが亡くなったピークの年かもしれません。

そうした「大死亡時代」については……ある時期からほんとうにたくさんの人が死んでいくので、これ以上死なれたらヤバイと思っていたんですよね。まず、一九八四年に有吉佐和子さんが亡くなった頃は割と身近にいたので、「人が死ぬとはどういうことだろうか」と考えるようになったんです。一九九二年に中上健次が亡くなった時には、真剣に小説を書こうとしていた作家は、書くことがなくなったら死んでしまうんだなと思いました。書くことがなくなっているのに気づいていない人はずっと生きていくのだろうけれど。

もちろん、それまでにも「ひとつの時代が終わった」というかたちの訃報は耳にしていたんですよ。でも、ただの決まり文句だと思っていたんです。ただ、ある状況やある場所を作り上げた人の死があまりに重なるようになって、「時代が終わる流れというのはこういうものなのか」と感じるようになりました。ある人がいるから保たれていたような「場所」って、突然その人に死なれてしまうと、働き盛りの父親にいきなり死なれた家族みたいに困ってしまうんです。まぁ、時代や場所との関わりからある人の死が問題にされるというのも最近ではなくなってしまいましたけれども。

今は、ほとんどの人が、たとえば映画やドラマで死んでいく登場人物が「……あとは、頼んだ」と言ってガクッとなるみたいな、頼む立場としてしか自分を捉えていないんです。でも、頼む立場にいるからには、そのずっと前から「頼まれる立場」でもあったはずなのに、それが自覚されないまま、「頼む」とだけ言って、つながりが残せたらいいみたいになっているのも、「頭」を失った時代の特色なのかもしれないですね。

私がワープロで書かなくなったのは、三島由紀夫について書いている時に、三島の直筆原稿が頭に浮かんだからです。三島は死に向かいながらも、一字一字、万年筆で書いていたんだな、と思いました。

あとはもうひとつ、『ひらがな日本美術史』(新潮社)を書く時の取材で円空仏を見たことも大きかった。お寺で撮影する時に「持ってもいいよ」みたいに言われて、円空仏を触ったことがありました。すると、小刀を持って何かを作りたがっている子どもみたいな感覚が手に甦《よみがえ》って、やっぱり自分は手でする仕事が好きだな、と感じたんです。

文章を書くことについては……どんな時にも、一五歳の男が背伸びしてわかろうとした時に理解できるものになっているように準備しておかなければいけない、とは思っているんです。なぜ、一五歳の女ではなくて男なのかと言ったら、それは私が一五歳の時に女ではなかったというだけなんですけど。

ただ、そう思っているから、私はどんな本でも、「これはわからないかもしれないけれど」なんていう遠慮会釈はないんです。年齢や世代に対する遠慮会釈もありません。世代のことで言えば、私は同世代の友達も何人かしかいないし、以前から、団塊の世代って括《くく》られるのはほんとうにいやだなと思っていました。それに、同世代ばかりを見ていると、人間ってちゃんと年を取れないんですよね。私はある時期に、一〇歳ぐらい年下の人たちの「これがわからない」という問いに答えていくことで人はひとつずつオトナになるんだ、と実感したぐらいですから。

何かをわかることについては……人間は、わかろうと背伸びをして、わからないことを咀嚼《そしゃく》する中でしかものごとをわからないってところがあるのではないでしょうか。そういう背伸びを拒絶するようになったら、人間はもうおしまいでしょう。

それに私は、たとえば経済について書くのだとしても、専門的な勉強をして書いているわけではないので、そもそも経済って何なんだというところからはじめてどうしても面倒くさい文章になるんですね。しかも作家の考える「経済」だから、人間のあり方としか絡んでいない、もっともわかりにくい経済を見ることにはなるわけです。

作家というのは描写をするのが仕事でしょう。だから、前提になるような知識なんて持たないまま、これは何かヘンだと感じたら、そのヘンさを描写していくことからはじめればいいと思っているんです。だから、どの本もえんえんと長くなって、しかも単純なキーワードはひとつも出てこないものになりますよね。

専門的な世界で符号のように通用しているものの考え方を「ヘンだ」と思ってしまったら、もういちいち脇道に逸《そ》れたところから考えていくしかないんです。小説は、ディテールによって全体が立ちあがるものだから、それを書いている作家が経済について書いても同じ手続きを踏むわけで、まぁいちいち書くものが面倒くさくなったって仕方はないんですが。

これは体力がなければできないことだとは思います。気力で体力を補うみたいなことをしたら、途端にガタッと落ちたものしか書けなくなりますので。

それから、今の若い人は情報を仕入れることに興味があるみたいだけど、私は情報というものを仕入れないんですよ。

専門的な情報を集めてものを見るというのは「何かをわかるための鍵がある」と考えて

いるから出てくる行動でしょう？　でも、私はそういう鍵は持たないままで、セーターの毛糸をほどいて玉を作っていくみたいなことをしているんです。

　絡まったものごとをほどくことなら誰にでもできると思っているので、その絡まりをほどくことで「何が問題になっているのか」をかたちにすることから考えていきます。もともと、鍵に当たるような重要な公式を覚えるのがきらいですし、そういうふうにものを考えるのはほかの勉強ができるやつがやるだろうと思って放っておいたんです。

　それに、ある専門分野で特定の問題を解くための鍵というのは適用範囲もせまいでしょ。マルクス主義の鍵とか構造主義の鍵とか、鍵の使える範囲が決まってしまっていますので。それで、私は広大な現実から立ちあがってくるようなところからしかものを考えないようにしているんです。

　そうやって目の前の現実からものを考えることって、日本人は得意なはずなんですよ。世界を覆うような大宗教はひとりの神が人間を作るところからはじまるけれど、日本の神話の場合は『古事記』を読んでも神が神を造るだけで、その神が雲の下に降りてきたら、もう人間はいたりするんですから。その人間はどこから来たんだよみたいなことも思うけれど、日本人はそうして、「現実はすでに存在している」という前提でものを考えてきたとも言えるのではないでしょうか。

私自身としては、現在の問題については、過去がかつてこうであったというところからの類推でしか見ていません。だから、既成のイデオロギーから何かを構築しようという気はまるでないんです。

二〇世紀の一年ごとの年表を作ったり、あるいは『双調平家物語』（中公文庫）をはじめる時には大化の改新から鎌倉幕府が成立するまでの一年ごとの年表を作ったり、自分の手で作ったデータしか、情報と言えるものは活用していません。最近の人たちは、最新の情報が大切で、データが必要だと言う割には、自分で作ったデータは持っていないのかな、とは感じるんです。

物事を自分でトータルに知るのではなくて、情報はいちいち細分化されて専門化されて、各分野において個人が自立していればいいんだみたいに思いこまれているけど、そういう先入観でものごとを捉えていても、たとえば「この廃墟からどう立ちあがったらいいんだ」みたいなゼロから出発するためのノウハウはないままになってしまうんですよ。

でも、ほんとうは今の時代はそういうものこそが求められているのではないでしょうか。今はそもそも、若い人たちは苦悩する体力もなくしてしまって、心を病む方向に行ってしまうなんて時代にもなっていますよね。

若い人が心を病む方向に行ってしまいがちなのは、「悩んで当然」というかたちで体力を養わなかったのが第一でしょう。人はうっかり明日のことを考えてしまうと、あさって、しあさってと、どんどん先のことばかり考えてしまうんです。

そこから、つい、今の自分のままの状況で遠い未来の虚無みたいなものを見てしまって、そういう未来の虚無みたいなものを解決する力は自分にはないと思いこんでしまうのではないでしょうか。私だって、うっかり明後日ぐらいのことを考えそうになったら、「まだ今日や明日のこともやっていないのだから」と思い直すようにはしているんですが。

今の若い人が絶望的になりやすいのは、今日がどうやって明日につながるかについては考えないまま、「あんまり変わらない明日しかないよな」と思いこんで「さらに、じゃあ」と一〇年後や二〇年後を見てしまうからなんでしょうね。でも、そもそもそんなふうに未来の虚無みたいなものを見てしまうのは自分の現在に立脚できていないからであって、今日できることをやることが、少しずついい明日を作っていくことにつながるんじゃないの、と思うしかないわけです。

こちらができるのは、吐き出せるものはいっぺんに吐き出してしまうことです。

私が『窯変源氏物語』(中公文庫)を書いた時で言えば、光源氏の全盛期の桜を書く段階で、ピークの美しさを表現するのだから、ともう桜の美しさについてのボキャブラリーはすべて出し尽くしてしまっていいという覚悟で臨みました。それで実際に出し尽くしてしまって、そのあとにも、桜の描写は出てきたのですが、そうなったらまた別のボキャブラリーが出てきました。

そんなふうに、何らかのかたちで吸収しておいたものは出そうとすれば出てくるので、まずは持っているものを惜しげもなく使い切ってしまったほうがラクなのではないでしょうか。みんな、そういうところで妙にケチなんだけど、ヘタにストックを取っておいても自分自身の二番煎じでしか生きていけなくなってしまうようにも思います。

生きていくことはどこからか自分のエネルギーを湧きあがらせるような作業で、そのエネルギーって、自分の中にあるものをすべて吐き出してもまだ出てくるはずと思うところから生まれるんです。まぁ、ものを書くというのは、そのつど他人の不幸を見ることにもなるんですけどね。あるものごとを「これは問題である」と感じて書くからには、どうしてもそこに反映されている他人の不幸を描写することになるので、そればかりやるのもつらいとは思います。

以前なら、豊かな時代の中で遊びながら警鐘を鳴らすなんてこともできたけれど、今はそういう余裕もありませんし。ただ、そんな時でも、自分がふと見あげた時に存在している空を「美しい」と思えなくなったら、人間はおしまいだろうなとは感じているんです。

バブル崩壊のあとの時代に、日本人は経済のことしか問題にしなくなった。まぁ、それは、日本人には自然な在り方でしょうけど。日本人は、面倒なことを考えなければならない時に、いつも商売をすることでかわしてきたんですから。日本の近代はどのように達成されるべきか、なんてむずかしい問題にしても、実際に日本人がやったのは、富国強兵と言い、殖産興業と言い、商売なんです。

戦後にも同じことが言えます。思想的な対立もあったけれど、日本の復興は基本的には商売として達成されてきました。面倒な問題は他の誰かが考えてくれるだろうという、「頭」がなくなる時代につながる日本人の志向は、もともと近代のはじめから準備されていて、その問題を考えるにはまたかなりの時間と労力が必要になると思うんですけど。

私自身は、そういうややこしい問題を考える時には、「自分」なんてものが見えなくなることを最優先にするべきだ、とは考えてきました。プロの仕事とはそういうもので、作者の姿も演者の姿もなくて、ただ「見ている人がそこに自分の見たいものを見ている」という状況を作りださなければいけない、と考えていたんです。

だから、考えたり書いたりする時には自分の個性なんて放っておきます。私はもともと「小説現代」の新人賞で選外佳作というデビューの仕方でしたから、なぜ受賞ではないのか、ランク落ちの理由は何なのかとずっと考えていて、そこで、作家には技術が必要で、プロの水準に達していなかったんだろうと思うようになりました。だから自分の基準や個性なんてどうでもよくて、プロの作家のやっていることに自分は届いているのだろうかと問いながら書いてきたんです。

私は薩摩琵琶の作詞なんかもしているのですが、たとえばその歌詞の判断基準って、歌として聴いた時に、「誰が作ったかわからないけれどこれはいいな」と思えるかどうかなんですね。言葉が歌の形で返ってくるように外側に開いていなければ仕方がないので、自分だけしか使わないレトリックが歌に混ざっているのが見えてしまったら、失敗です。

他の文章についてもそうで、私は自分を消すという作業しかしていないんです。世の中は他人だらけだけど、どこかに他人と自分の共通項みたいなものがあるから他人のことが書けるわけで、他人を書くのに忙しくしていたら、自分のことはどうでもよくなるんですよ。

小説の主役は読者であって、たまに作者が主役になっている小説を読まされるとつらいのは、描写とはたとえ一人称で書かれていても、これは他人にとってはどう見えるのだろうかという視点が入らなければ小説ではないと、私が思っているからなんです。

自分の立場を他人の立場に託さなければ、風景なんて見せられませんよね。それから、ひとつの時代をひとつの視点で見るのには限界があって、そういうひとつだけの視点から解放されて、ものごとを「自分には興味がないことだけど、これを必要としている他人がいるかもしれない」と考えることで見えてくるものなんて、いくらでもあるんです。

ジャーナリストは現実をドキュメントの形で提出するけど、ひとつの視点に過ぎないドキュメントで時代を立体的に描くことは、もうむずかしいと思います。もちろんドキュメントをやっている人は、ドキュメントに徹することでドキュメントを突き抜けることもあるだろうけど、私の場合は、架空のものを書くことでほんとうのことを書くみたいなところに行くしかないと思っています。

ロバート・アルトマンの映画『ナッシュビル』のように、複数の視点からしかものごとの「面」や「立体」は見せられないわけで……今は、ひとりの英雄の活躍で何かが解決する時代でもないですから。

「小説家の役割は、世界観を問い続けることでしょう」

島田雅彦／小説家

小説家の島田雅彦氏（一九六一年生まれ）には、最近二〇年間の時代の変化とそれに対応する仕事についての取材で、二〇〇九年の九月七日に話を聞かせていただいた。初出は「朝日ジャーナル一九八九—二〇〇九」（朝日新聞出版）だ。

私の発言は、いつも、ふざけているわけではないんです。社交辞令を省いて率直に話そうとすれば、どうしても斜めから見たような物言いになってしまうのです。ものごとの裏面も見ようとすれば、斜に構えているような印象を与えるのでしょう。

ただ、ある時期まではそれでよかったのかもしれませんが、そうした振る舞いが今では信用されないと言うか、ものごとについて別の角度から言葉を差し出すこと自体、なかなか理解されにくい時代になったとは思います。それもこの二〇年間の変化と言えるのかもしれません。

　私自身も、近頃はベタに語ることへと意識的に回帰しつつあります。小説家としてデビューしてから二六年間、ベタに語り通していれば、今頃は巨匠になっていたかもしれない。ともかく、メタレベルから世界を見るということを理解して、そこに楽しみを見出せる読者にはおもしろい作品を提供してきたつもりですね。ただ、それが理解できない層からは、今でも「誰、あいつ?」と思われているんでしょう。

　斜に構えて愛情や評価を伝えあうコミュニケーションも、今は通じにくい。そんなにナイーブでよく小説なんて書けるな、という人がいますね。作家としてまじめなのはいいけれども、かわいがったつもりで発したメッセージを正反対に受けとめられることもありましたから。

　斜に構えた話ばかりをしていたら「狼少年」のように誰にも相手にされないと言うか耳を傾けてもらえなくなりますから、そこはやはり不利益を被るということもあって、近頃はベタに回帰しているわけです。

　二〇年前と言うと、一九八八年の六月から約一年間、ニューヨークを中心に海外で生活していたんですが、ニューヨークでも昭和天皇に関する情報はリアルタイムに入って来ていました。渡米した時点で、すでに天皇は体調を崩していましたから、共同通信社の知り合いには何か動きがあれば教えて欲しいと頼んでいたんですね。
日本で昭和天皇の死が報道されたのは早朝だったでしょうけれど、ニューヨークでは夕方でしたから、「今、侍医団が入りました」という第一報から最期の瞬間まで、一連の流れは把握していました。崩御の報道があった後には、その日のうちに新しい元号が発表されるというので、ともだちを呼んで待っていました。当時官房長官だった小渕恵三による例の記者発表ですね。それで「平成」と書かれた紙を小渕が掲げたら、隣にいた中国人のともだちが「ピンチョン！」と言って……。あ、平成《ピンチョン》時代がはじまったんだと思いました。

一年間の海外生活には、日本から避難しているような気分がありました。昭和天皇は崩御の一年ぐらい前から具合が悪かったせいか、国内は箝口令《かんこうれい》が敷かれたように言論的にはどんどん閉鎖的になっていました。大政翼賛に逆戻りかと思えるほどでしたから、日本にいても何もできない時期は海外でやり過ごすのがいい、と。

自粛自体は配慮に満ちたスタンスに見えるけれども、要するに「悪しき事なかれ主義」が日本を覆い尽くしていたわけです。それとは対照的に、世界に目を向ければ、のちにベルリンの壁が崩壊したことに象徴されるような大事件が相次いで起きて、そこから一九九一年のソビエト連邦の解体に至るまで、まさに雪崩のように社会主義国家が自壊していったわけで、そういう潮流の兆しを感じながら昭和末期の退屈な季節をやり過ごしていました。たとえばニューヨークの大学には、それこそ「現政権に疎《うと》まれて亡命しているけれども、時が来れば祖国に戻って国を再建する」なんて話をしている研究者がいました。こちらも日本から避難しているぐらいのつもりですから、ものすごい速度で旧体制が崩壊していることが肌身に感じられました。

街を眺めていても社会主義国家の崩壊を目の当たりにしているかのようでした。ニューヨークにおいても、マンハッタンだけではなくてシティ全体が世界情勢を再現した箱庭のようで、新聞の国際面で報道されている出来事の縮図が目の前で起きているように感じていました。

シティを歩いていたらパレスチナ人とイスラエル人の対立も見かける。東ヨーロッパからの移民たちの言動にはヨーロッパの変動が敏感に反映されていました。

また、当時の私は二七歳でしたから、この一年間の海外生活には、知らない文化に体をぶつけて何かを摑《つか》む、あるいはちっぽけな自我を見つめ直すという側面もあったと思います。今、そういう旅行は流行《はや》らなくなりましたけれど、一九八九年の前後は、八五年のプラザ合意による円高で渡航する運賃もかなり安くなっていたので、どこに出かけても同じように何かを体験するために旅行をしている日本人バックパッカーを見かけました。

まだバブル経済の只中で、日本の資本によるアメリカ企業の買収も進んでいたのでジャパンバッシングもあったけれど、日本人観光客は目立ちましたね。あれから二〇年経ってみれば、日本人の行動も洗練され、観光客としては目立たなくなりました。

今の観光客は中国人や韓国人、そしてロシア人が多数派でしょう。東洋人の若いバックパッカーを見かけて懐かしいなと思っても、ほとんど台湾人や韓国人です。一九九五年以降のインターネットの普及もあってか、日本人はそういう旅をあまりしなくなりました。

一九九〇年代の半ばにテレビ番組で企画された、芸人のユーラシア大陸横断旅行があったけれど、あれが日本人にとっては体を張った旅行の最後のように見えていたのかもしれません。放送されていた当時でさえ「懐かしい」と思いながら番組のレポートを見ていましたから。

今、大学で教えている学生たちを見ていても旅行をしませんから、ある世代からは旅に何も期待しなくなっているのでしょう。それに旅先で若い日本人を見かけても、外国語を使おうとしない若者が増えましたね。

外国語を使った会話というのは必然的に共通の話題も必要とするわけですけど、今は日本のサブカルチャーが世界化してきましたから、コンテンツ自体が共通言語になっている。自分から外国語を喋《しゃべ》るというアプローチを試みなくても、一部のサブカルチャー愛好家の外国人のほうから声をかけてくる時代になりました。それも外国に対する姿勢が変わったことと関係しているのかもしれません。

一九八〇年代にあったニューアカデミズムのブームは、七〇年代における日本国内の文化を反映していました。簡単に言えば、翻訳点数が非常に多く、海外の情報に対する需要があったわけです。フランス現代思想であれ、ドイツ観念論であれ、ドストエフスキーであれ、七〇年代には知識としても情報としても若い世代に必要とされてきた。

一九七〇年代までに文芸の世界で活躍していた文学者たちは、小説家であれば外国文学の影響を受ける。批評家であれば外国文学の研究者ばかり。それで新しい外国文学の動向に目を向けながら、日本文学はナビゲートされていました。

一九八〇年代のニューアカのブームは、そういう基礎があった上で当時の大学院生を中心に成り立っていた。つまり、八〇年代までには、翻訳を通してそれほど遅れずに海外の情報に対応していく文脈があったわけです。八〇年代の後半から九〇年代の前半に旅費が安くなり、外国の文化なり言語なりに直に接触できるようになると、外国に行きたくなる人が増えたのも当然でしょう。

もしも一九八〇年代にインターネットが普及していたら、日本人は今の台湾人や韓国人のように、英語によるインターネット・ユーザーになっていったかもしれません。当時の日本人は海外との交流に飢えていましたから。

しかし、インターネットが普及した一九九〇年代の後半にはすでに海外との交流も下火になり、良かれ悪しかれ日本には六〇〇〇万人ものユーザーがいるからこそ、日本人は日本語だけでインターネットの世界に充足できるようになってしまった。

今は、世界のブログの三割以上は日本語だなんてデータもある。言葉を発信する量はすごいけれども、ブログ的な集まりでしかないということが、日本人と日本語がおかれている状況というわけです。これは一九九〇年代に実質的に経済大国になったからでしょうね。

ただ、外国との接触が絶たれた結果、急に言葉が垂れ流しのような状態になり、日本人はものを考えなくなってしまいました。今は、フィーリングだけの文章ばかりが流通しているでしょう。せっかく、一九八〇年代を通じて「他者性」に触れることでものを考えていた日本人が、九〇年代に入って考えることそのものを放棄してしまったように思えてならないんです。

言葉は共感するためだけのものではなく、思考するための道具として使うものであるという認識がなければ、小説に対して需要は生まれないでしょう。もちろん、自分の感情を非常にチャーミングな文章で書くこと自体はいいわけです。しかし、それだけでは時代に迎合した言葉が、次から次へと登場しては霧散していくというサイクルに閉じてしまう。

時代の空気を伝えているという、それだけの小説ならすぐに忘れられていくわけで、ある感情を乗せて読者の共感を得ることだけに特化されたものとして小説を流通させるという、これまでの方法だけでは商業的にも厳しいだろうとは想像するんです。

いっぽうで、純文学の商業的な状況はもう俳句や短歌と同じですから、出版社も文芸誌は意地で抱えているだけで、経営的に言うなら真っ先につぶしたい部門でしょう。ただ、埴谷雄高さんの『近代文学』をはじめ戦後日本の小説家はもともと同人誌からコツコツ叩《たた》きあげてきたという歴史がありますから、書店で文芸誌が売られなくても、もとに戻るだけなのかもしれません。

しかし、小説が過去や現在や未来を考えるための世界観を構築しているなら、他業種との連携も含めて、世界のグランドデザインに応用できるものになるはずなんです。

たとえば「風流」という言葉ですが、歴史的にも日本文化は「風流」や「酔狂」という意識によって成熟してきたところがあります。かなり昔から伝統的にあった風流という日本の美意識を、性的な規制が緩い時代の色好みの文化として追究するのもおもしろいだろうと考えています。

今のオタク文化にしても風流に通じるところがありますからね。また、風流という意識は、それこそ旅先や酒場で他人と接触し、他者とのコミュニケーションにより、言ってみれば他人の頭を使ってものを考えるという姿勢にもつながるものなんです。

つまり、私にとっての旅や酒は、あらゆる他者の思考を介することで多様性にまみれてみたいという欲求の反映なのでしょう。風流の基本的な姿勢は目の前にある自然を愛することですよね。路傍に咲いている、名もない花の美しさを楽しむわけです。

昭和天皇の「雑草という花はありません」という名言も、まさに多種多様な自然にまみれていたいという日本人の本能につながるものでしょう。ですから、いわゆる一元的な基準や評価だけをワールドスタンダードとして求める傾向は、日本人の本来の資質とは合わないのではないかと。

ただ、本来は多様性にまみれていたいけれど、あまりにも多様性に富み過ぎた混沌とした状況も、それはそれで困るみたいな感覚が日本人にとっては率直なところだと思います。

小説に対してそこまで世界観の構築を求めるのは、私にとっての文学者の定義が、まずは「世界観を問う存在」だからです。経済や政治におけるリーダーたちが計画、立案、実行しているグランドデザインとはちがう世界観を描いて提出したいわけで。真のリーダーシップを取れるのかについては「世界のグランドデザインを描くポジションにいるのか」

だけの話でしょう。

日本のこれまでの自民党の首相たちにリーダーシップがなかった、あるいは誰がなったって一緒だろうと言われていた元凶は、単純に「グランドデザインを描くポジションにいなかった」というだけですよね。アメリカの選んだグランドデザインに従うことこそ自民党の党是でもありましたし。

民主党に政権が交代して、今後、どこまでリーダーシップを発揮できるのだろうかというのはわかりませんが、ともかく、他人の決めたグランドデザインが実際に経済や政治を動かしているわけです。そんなグランドデザインに振り回されるだけであるというのは不愉快でしょう。

小説家というのはほとんど好不況に関係ない商売ではあるけれど、成功するにせよ失敗するにせよ、与えられたグランドデザインに追従し、それに踊らされる状況だけは何としても回避したいと考えているんです。だから、やはり文化の方面で物事を考えたり書いたりしている小説家としては、経済や政治のリーダーたちが描くグランドデザインとはちがうものを提出していきたい。

そもそも、実際にグランドデザインに携わっている実業家、政治家、経済学者は、根本的には哲学や歴史を考え方の基礎に置いているわけです。もちろん、法学や経済学や政治学も参照するだろうけれど、それらは運営に必要な事務的なものであって、学問としてもテクニカルなものでしょう。

ですから結局、グランドデザイナーの仕事は哲学や歴史を踏まえて未来の物語を描いて行くものであって、それは小説家が常日頃していることなんです。つまり、ある面から見れば、世界は広義の文学者たちによって牛耳られていると言うか、そもそも小説を書くということは、過去を参照して独自の現状分析を加味しながら、五年後や一〇年後の世界を提示することに近いんですよ。

私は文学者の仕事とはそういうものでもあると考えていますが、もちろんいっぽうでは、小説はあくまで「小さい説」だという立場、自分の半径一〇〇メートル以内で、ごくごく私的な生活と意見に安住しているだけで充分という立場もあるでしょう。

でも、それだけではどうしても小説は現実に遅れてしまう。小説家もまた現実に追従するだけの存在になり、失業したりボーナスカットされたりする人間と同じ立場になってしまいます。彼らと同じ目線を持つこと自体は大事なんですけど、たとえば失業を描くことは失業体験があれば取材できるのだから、グランドデザインを描くことよりもたやすいと思えてしまう。やはり、そうしたタイプの小説には関心が向きません。

この二〇年間ほどで、とくに変化を感じたニュースと聞かれても、ソ連の崩壊も九・一一のテロもエポックメイキングな事件ですが、変化を感じられるものではないですね。冷戦の終焉もアメリカ一極主義に対するプロテストも、それまで犠牲になっていた地域が興隆したという潮流の一部分にすぎません。それこそ二〇世紀のはじめに「西洋の没落」と言われていた状況の一部分であって、西洋は一〇〇年かけて没落して来たという見立てなわけです。

没落を先送りにするために陰謀を繰り返して抵抗勢力をすげかえて、その頭を抑え続けてきたけれど、それもむずかしくなったという意味では、ソ連の崩壊も九・一一も同じ結果を招いたというだけでしょう。

この二〇年間は「四〇〇年間続いたアングロ・サクソンによる世界支配のプログラムが崩壊していく過程」として、歴史的には位置づけられるんじゃないでしょうか。世界史を振り返っても、帝国の賞味期限は長くて四〇〇年ですから、すでに充分ということなのでしょうね。

日本には、政治経済やグローバルな世界情勢とは別の時間軸があります。それこそが「天皇時間」なんです。日本人は世界経済に連動している時間軸も持っているけれども、それと同時に、北朝鮮と同じように西暦とはちがう元号を使っているところから生まれる天皇時間とでも言うべきものが根付いている。

古代から連綿と、外国の干渉を受けないで流れている時間もあるわけです。これはさきほど言った風流にも関わるもので、個人の生死や政局の変化とともに動く、自然や季節の推移に近い、発展も進化もないものなんです。そういう自然に即した天皇時間は危機に対しても柔軟と言うのか、日本人にとっての安全弁のように働いている、と私は考えています。

当然、天皇も敗戦等で否応なく現実との対応を迫られるけれども、しかし今上《きんじょう》天皇に至るまで一二五代も続いて来た天皇時間において、存亡の危機を何度となくやり過ごせて来られたのでしょう。

日本はユーラシアの東の外れにあり、歴史的に負け組が逃げて来て共生している場所ですよね。これについては「日本人のＤＮＡは大陸等に比べて多様性が残されている」等という人類学的な背景もある訳です。大陸にはＤＮＡを残せないくらいの民族浄化は日常茶飯事でしたけれど、これは文化的にも同じことが言えて、仏教発祥の地であるインドにも、儒教発祥の地である中国にも、その痕跡はあんまり残されていないでしょう。どちらも迫害を受けて来た歴史がある中で、かえって日本にはそういう文化の痕跡が残されていますから、多様性に優しい土地なんです。それを指して岡倉天心は「博物館としての日本」と言ったのでしょう。

「ずっと、後悔について書いてきました」

重松清／小説家

小説家の重松清氏（一九六三年生まれ）に新刊（『十字架』講談社）刊行後、持って行き場のない思いについてを物語として書く、という話を聞かせていただいたのは、二〇〇九年の一二月一四日だった。初出は「小説現代」（講談社）二〇一〇年二月号だ。

『十字架』では、『カシオペアの丘で』『かあちゃん』（共に講談社）に続いて「許すこと」について書きました。前の二作とちがい、今作は、許してくれる相手が亡くなってもういないところから話がはじまっています。

許してもらう相手が目の前にいれば、その人に対してどうすればいいのかだけを考えたらいいわけですよね。要は、許してもらえれば解決する。そういう「解決する話」にはしたくなかった。解決できない物語を書きたかったんです。

この問題に限らず、僕は「持って行き場のない思いの、その持って行き場のなさ」を書きたいのかもしれません。持って行き場を置いてしまうと、それこそ解決させるための、許してもらう一瞬のための物語になってしまう。

カタルシスを作るという点では、確かに解決があるほうがいいんだろうな、という自覚はある。ただ、僕の中では、今は何かちがう物語のベクトルを求めている感じなんです。

『十字架』では、怒る側である、いじめを苦にして自殺をしてしまったフジシュンのお父さんは、振り上げた拳《こぶし》の持って行き場所がありません。許されたい側の話だけではなく、許す側と言うか、持って行き場のない感情に向き合う側の人間のことも書きたかった。

実際、自分が立ち向かわなければいけない相手が目の前にちゃんといる状況は、人生の中では意外と少ない気がしているんです。相手が目の前にいた時にはちゃんとできなくて、去った後に何とかしなくちゃいけなくなる。それが「後悔」だと思う。

で、考えてみたら、僕はずっと「後悔」を書いてきたんですね。これは、物語をおもしろくするためとかモチーフとしてとかで選んだのではなく、何よりも僕自身がたくさん後悔をしてきたからだと思うんです。要するにイジイジと過去に縛られているタイプの男なんです。

でも、ほんとうに、作家とかうんぬんを抜きにしても、「何につけてもまにあっていないな」といつも感じてるんですよ。だからこそ、『十字架』は回想形式で、むしろ問題を混ぜかえすような状況が複雑に語られることにもなって。

フリーライターやドキュメンタリー番組のリポーターとして、たくさんの現実のいじめを取材してきました。その実感として、やっぱりわかりやすい解決、和解のカタルシスは作れない。物語の中のいじめの首謀者たちに対しても、どこかであやまる場面を入れたほうが「教育的」ではあるのでしょうが、「残念だけど、それは『なし』だな」と思って書いていました。

単純な改心の物語にはしたくないし、「悪いけど、ほんとうのいじめはそんなに甘くないんだ」という気持ちがありました。この物語では、いろいろな意味での和解のチャンスがいくつかあるけれども、そこはぜんぶ避けたんです。言わば「見得を切る」場面は回避してしまった。

逆に、割り切れないザラつきを残したかった。あと、回想の中に一行だけ現在の言葉が入るような、破れ目みたいな箇所も欲しかった。それは、物語がそういう語られ方を求めていると僕が感じたから、としか言いようがない。

『十字架』は、許しについて考えていく二〇年間の感情の推移を書いていますけれど、大長編じゃないでしょ？　三二〇ページの、まあ、普通のボリュームです。どこでどう時間を進めて、どこでどう滞らせるか、自分なりにいろいろ考えました。物語の書き手としては、その時間処理や、時間を飛ばしながら密度をどう保つか、というところに、今の僕が持っている物語り方のスキルを全部ぶちこんでみたつもりです。でも、やっぱりヘタなんだけどさ。

物語の中で、もう接することのない相手の不在や空虚を埋めていったものは二〇年間の歳月でした。よく「歳月が埋めていく」と言いますよね。それは確かにあると思うんです。ポッカリと空いたところに次第に時が流れて重なっていく。

でも、もともとあった大地に穴が空いてしまった空白は、もちろんもとには戻らない。ポッカリ空いた穴に時が埋めたものは、もともとの大地とはどこか色がちがっている。でも、何かは埋められているんです。

同じいじめを扱った小説を書いていても、三〇代の頃には「二〇年後」という視野はなかったと思います。そういう意味では、題材としては『ナイフ』(新潮文庫)や『エイジ』(新潮文庫)があったから、あるいは時間については『流星ワゴン』(講談社文庫)や、短編の中にどれだけ時間の流れを入れられるか考えながら作った『再会』(新潮社)があったから、『十字架』があるのかもしれません。

もちろん、フリーライターとしての仕事も影響を与えている。これまで書いてきたいろいろな仕事につながるものを書き終えて、「何だかんだ言いながら、それなりに長年やってきたんだな」「馬鹿なりに、いろんなことを考えてきたんだな、オレ」とは感じます。

今回（『十字架』）は書き下ろしだからこそできたこともありました。と言うか、時間的な制約があって……ぶっちゃけて言えば、もう、ぎりぎりで時間がなかったので、短期集中型の物語にしよう、と。いつものことですが、ストーリーも決めずに書きはじめた。でも、逆にそれがよかったのかもしれない、と今は思っています。

短い期間に気持ちを凝縮させて書けたことは、僕自身にとっては幸せなことでした。『コインロッカー・ベイビーズ』（講談社文庫）の時、村上龍さんが、一〇〇メートルダッシュを繰り返して四二・一九五キロを走った、とあとがきに書かれていましたが、その言葉をずっと意識しながら書いていきました。

タイムスパンとしては長距離の物語だけど、息遣いは短距離。物語にとって、それがよかったのかどうかはわかりません。僕自身が決められるわけではないのですが、とにかく、それしかできなかったんだからしょうがないじゃん、と開き直っています。

もっと幅広い物語にもできただろうし、すべきだったのかもしれないけれど、それよりは思い切り深く入りこんで、一人称の物語として突っ走りました。一人称は恣《し》意《い》的なところがあるので、人間関係の描写に遠近や濃淡が出ます。それでもいいと思ったんです。この物語の中で淡いところは読み手の中で考えてもらえばいい、と。

濃淡が出てしまうところは「ゴメン！」と言い切って、そのぶん物語の中に潜りこんで、一人称の目線から見た「遠い……どうしても届かない」という人と人との隔たりを書きたかった。

登場人物にノンフィクションライターがいるのは、物語全体を串刺しにする視線を入れたかったからです。そこに自分を投影したかと聞かれたら、「でも、あのライターより、オレ、フリーライターとしては優秀だと思うけど」と言いますけどね。

『カシオペアの丘で』の頃から考えてきたことですが、物語を書くことは、星空の星を結んでいくようなものだと思うんです。昔の人は空を見上げて、ああも結べる、こうも結べるという中で星座を作ってきたわけです。

当然、結ばなかった星も無数にある。ひとつの物語を書くというのもそれと同じように、いつも無数の結び方の可能性の中から選んで星座を作っているわけです。そこには「語られなかった物語」がかならず残ってしまう。すごく怖いことでもあるけれども、だからこそ非常に豊穣なものが宿るとも言える。

ときどき、過去に書いた自分の小説に対して、ああではない書き方をしたらどうなっていただろうと思うこともあります。反省とか後悔とかではなくて、結ばなかった星のことを想像することで、作者としての傲慢さが減るんじゃないか、と。

今は物語に対しては謙虚でありたいと思っているし、『十字架』を書いていても、ここで和解を作ろうというのは作者である僕の欲求に過ぎないんだと考えられた。だからこそ僕が今回は書かなかった「結ばなかった星」の物語も、ほんとうはありうる。まだ結べる星はたくさんあるぞ、って。それが星空の豊かさだと感じています。

『カシオペアの丘で』の時も一人称ではあったけれど、あの時は章ごとに語り手を替えることで重層的に繫《つな》いで星座を作っていきたかった。でも今回は不自由で恣意的なその一人称の「恣意」を、作者としてまるごと背負えた。

どちらもやれてうれしかったことです。当然、これからも考え方は変わっていくだろうから、一〇年後にはきっと違う星の結び方をすると思う。そのことも楽しみにしながら、今後も物語とつきあっていきたいと思っているんです。

書き手としての充実度についてはよくわからないけれど、変化はしています。やっぱり人って変わるんです。だからこそたくさん仕事をしているところもあるんです。今のうちに書いておかないと自分がかならず変わっていくし、前の状態には絶対に戻れない。人は変わるし、忘れる。そして、忘れながら暮らしていく。

でも忘れることは「忘れさる」ことではなくて、いろいろなものが時間を経て変容していくことだと思う。その変容をどう受けいれていくかなんですよね。生きることは、忘れながら前に進んでいくことでもあると思っています。

それなりにたくさん物語を書いてきて、今、『十字架』を書き終えて、あらためて物語の奥深さとむずかしさを実感しているところです。僕の書く物語は構造もシンプルで、言わばスリーコードだけで曲を作ってきたようなものですが、そのスリーコードですら奥深くて、むずかしい。と言うか、スリーコードだからこそむずかしい。

『十字架』はとりあえず今のかたちで確定して活字にしてもらいましたが、逆に、さっきの星座の話ではないけれど、「それ以外の語られ方をした『十字架』の物語の可能性」もいくらでも考えられる。そうなると、ほんとうにこれでよかったのかどうか、考えだすときりがなくなってしまう。だから、むずかしくて、奥深くて、ましてやそこに時間をリニアに流さない「小説」の可能性まで加味すると、もうわけがわからなくなってしまう。

だから、ほかの作品でも同じですが、『十字架』を書き終えた今は、「まぁ、とにかくできあがったんだから」という満足感と「オレ、ほんとにへたくそだな」という自己嫌悪が半々です。でも、意外と自己嫌悪の部分が、次の物語を書く力になっているのかもしれない。

その意味で、『十字架』は、今までの僕がやって来た物語の作法をぶちこんだ集大成でもあると同時に、「もっといいものを書きたいな」という出発点になった気もします。

「人は不完全だから、物語を摂取して人生をやり直したいんです」
桜庭一樹／小説家

小説家の桜庭一樹氏（一九七一年生まれ）には、「世の中は、今、晩年を迎えていると感じていて、自分に確信を持てない人間を主人公にしたかった」という今の時代ならではの女ハードボイルドについて、二〇〇八年の一〇月二三日に話を聞かせていただいた。初出は「小説現代」（講談社）二〇〇八年一二月号である。

『ファミリーポートレイト』（講談社）では、今の時代ならではの女性のハードボイルド小説を書きたかったんです。

「女ハードボイルド」には、その時代その時代に、今、語り手を引き受けるべき女の人がどこからともなく登場したように思います。でも、二〇〇〇年代後半らしい主人公は、もしかするとまだ書かれていないんじゃないかと思っていたんです。

そこで、四〇歳の探偵を主人公にして書きはじめたのですが長編にはならなかったので、主人公の人生を最初から書いてみよう、主人公が五歳から今の年齢まで来るものにしてみよう、と方向転換をして書いたんです。

これまでのハードボイルドでは、自分のスタイルに自信を持ち、ナルシスティックで、孤独という語り手も多くいたように思います。でも、今の若い読者がより感情移入しやすいのは、もしかするともっと自分に確信を持てない人間かもしれないと思ったんです。

今は、地位であったり、金銭であったり、名誉であったりという世間の判断基準をなかなか信じられない時代ではないでしょうか。今の若い人は、親の世代が背負わずに先送りにした罪を身代わりに背負っているからこそ、そのぶん、重たくもなるし、荒野をさまようようにもなる……そんな時代だけど、「これは、美しい」といった文化についての美学的なモノサシだけは頑固に持ち合わせていて、しかも、その上で「裸」であるという人間でなければ、この時代の新しいハードボイルドをうまく背負っていけないのではないだろうか、と考えました。

それで、主人公が四〇歳の探偵という最初の設定は変えて、目線は「女ハードボイルド」のまま、五歳の女の子が母親と旅をしながらオトナになっていくという物語にしたんです。

以前に『砂糖菓子の弾丸は撃ちぬけない』（角川文庫）という小説を書いたあとに、「お父さんがいちばんかわいそう」という四〇代の男性の感想をいただいて驚いたことがありました。子どもを虐待している悪役のつもりで描いたこの父親には、もしかしたら作者の想像している以上の何かがあるのかもしれない、と気づいたんですね。

それで『砂糖菓子の弾丸は撃ちぬけない』で主人公だった海野藻屑《うみのもくず》は中学二年生で亡くなるけれど、彼女が生きのびていたら父親との関係はどうなっていたのだろうかと考えました。『私の男』（文春文庫）という作品では、その延長線上で腐野花《くさりのはな》という主人公を描いたところがあります。海野藻屑は、設定も境遇も世界観もちがう物語の中で生まれ変わって、腐野花になっていったんですね。

『私の男』で、二〇代半ばの腐野花は父親から何とか逃れて生きようとしているけど、父親と離れたあとは「長い余生」になるだろうと予感しています。この腐野花が『私の男』のあとにさらに生きのびたらどうなったのだろう……それが今回の『ファミリーポートレイト』なんです。

今回もそのまま続編にするのではなくて、設定や境遇や世界観を変えて生まれ変わらせながらひとりの人間を書き続けるという試みをしました。最初に書いた四〇歳の探偵は、『私の男』から年齢が飛び過ぎていたせいか、うまく動かなかったので、それなら、と、今度は主人公が五歳の頃から（『私の男』では主人公が九歳の頃を書いたので）、前よりさらに四歳前の、記憶があやふやな時点まで小説の時間を延ばして書きはじめました。

それで主人公の駒子が五歳の頃から三四歳になるまでという、時間の幅が長い物語になったんです。それまでの作品では父親との関係だったものを今回は母親との関係に変容させて、結婚、出産まで描いていますから、『私の男』のその後にようやく辿り着けたのかなと思っています。

私はこれまで、少女の物語を多く書いてきました。三〇代以上のオトナも数々登場しますが、主人公にはしなかった。だから今回の作品では、第二部で駒子が三〇代になってからの物語を書けたことが大きかったような気がします。

駒子は「（私たちは若いけれど）世の中は、今、晩年を迎えている」と、少女なら言わないような、今の時代についての実感を口にしているのですが、その点も、「物語を引っ張って、ようやくここまで来られたのかな」と思うところです。

最初に主人公を探偵にと考えていたのは、事件を調べて解いて語ってという過程で、探偵というのは繰り返し他人の人生の中で生まれ変わるような体験をしているのではと感じていたからです。海野藻屑、腐野花、の延長線上に生きる人物も「物語を摂取すること」で何回も死んでは生まれることを繰り返さなければならない存在なのだろう、と思いました。

物語を摂取するって、自分の価値観が揺さぶられて、死んで、生まれ変わるような経験だと思うんです。人間は完全ではないからこそ、そんなふうに物語を読んだり書いたりして、何回も人生をやり直したいんじゃないでしょうか。

『砂糖菓子の弾丸は撃ちぬけない』では海野藻屑はウソばかりついているけれど、それは悪気があるわけではなくて本人にとって必要な物語を語っているんです。人間は物語を創作したり摂取したりを繰り返して生まれ変わり続けなければ、つらい実人生を受けいれられないことがあるという意味では、物語を書く人も読む人も同じことをしているのかもしれません。

今回はそういう、語ることや読むことをめぐる小説になりましたから、やはり、自分はなぜ物語を書いているのだろうとあらためて考えることになりました。それで自分の場合には「読まれるため」に書いているのだと再認識して、あとはやはり瑣末《さまつ》なことだと捉えたんです。

この小説を書いている間は、「あたし」ではじまった物語が、「あたしたち」で終わるようにと心がけていました。そうしなければ、物語が個人的なものに留まってしまって、「今の時代とは」「私たちはどうしたらいいのか」という問題を引き受けることができないですから。

私が小説で家族を描いているのは、距離感はちがうけれど誰にとっても切実な問題だろうと思うからです。海外文学の影響を受けてきて、どうしたらああ書けるのだろうと考えるうちに家族というテーマに辿り着きました。

外国の小説を読んでいると、どんな時にも、何をしていても、神様は見ているのだ、という罪の意識を感じさせられる対象があるから、物語にある種の重たさが加わるんじゃないか、とずっと思っていたんです。

日本だと、まわりの人の目や世間の常識が気になって、というようなので、「罪」より「恥」のほうが大きいような気がしていました。子どもの頃から、アメリカの映画で、裁判の時に聖書に手を当てて「神にかけてウソはつきません」と宣誓したりするシーンを、不思議に思って観ていたんです。この人たちにとっては、神様ってそこまですごいものなんだな、と。

でも、日本だと、日本史でキリシタンの踏絵の話を聞いても、「絵なんだから、とりあえず踏んじゃえばいいのに」と思いませんか？　じゃあ日本人にとって物語を重たくする「神様」って何だろう、と。仏像でも社員証でも、バンバン踏まれてしまいそうですし。

そこで「家族」ではないかと思ったんです。育ててくれた親や、自分の子ども、愛する配偶者など、それこそ家族の肖像（ファミリーポートレイト）に手を当てて誓ったら、裁判でウソをつけなくなる人は結構いるんじゃないかな、と。

もちろん、小説を書く時に日本人にとってそこまで宗教化できるものはほかにも「政治」や「官能」など、いろいろあるのではないか、とは感じています。私は海外文学のように重たい物語を書かれる作家さんが好きなのですが、たとえば小池真理子さんの場合にはもしかしたらその「神様」の位置に「政治」があるのかもしれません。皆川博子さんだったら「官能」なのかも。これは私のかなり個人的な読み方なので、当たっているかはわかりませんが……。

でも、海外文学に影響を受けて、日本を舞台に重たい物語を書きたいと思った場合、どのようにして「神様」の空白を埋めるのかは、作家にとってとても切実な問題じゃないかと考えています。その空白に、私は「家族」を充ててきて、今回はようやく駒子の結婚と出産まで辿り着きました。

これからは、そうやって、海野藻屑、腐野花、駒子、と三人の女性に憑依《ひょうい》させて書き続けてきたひとりの人間の魂が、家族以外の人とどのようなつながりを持つのか、にも興味があるんです。駒子がオトナになり、家庭を持ち、子どもを育てていくことになると、家族を得た孤児は、今後は人間とのつながりなしでは生きのびられないだろうから、誰とどんなふうに絆を作っていくのだろうか……。

　そんなことを考えながら、次に彼女が生まれ変わる物語を書いていきたいんです。そろそろ、血のつながりのない部分での人間関係も書きたくなってきています。

「映画にしなきゃ、というのはやめようと思いました」
是枝裕和／映画監督

映画監督の是枝裕和氏（一九六二年生まれ）は、『幻の光』『ワンダフルライフ』『ディスタンス』『誰も知らない』などでドキュメンタリーのように映画を製作する手法を開拓してきた。取材日は二〇〇八年の五月八日。初出は「週刊文春」（文藝春秋）二〇〇八年六月五日号だった。

大学生時代に、有楽町にあった映像カルチャーホールで、NHKの演出家をしていた佐々木昭一郎さんの作品を『四季・ユートピアノ』『川の流れはバイオリンの音』などいくつか観《み》たんです。

登場人物が語る言葉のひとつひとつがまるで詩のように美しくて、作品全体もドラマにもドキュメンタリーにもジャンル分けできないような映像で、衝撃的でした。こんなにも説明的ではないものがテレビとして成立しているんだ、と当時の日本映画よりも圧倒的に憧れたんです。

それでテレビマンユニオンというテレビ制作会社に入ったけれど、当時の一九八〇年代後半のテレビの周辺というのは表現の衰退と荒廃を感じることばかりで、正直しんどかったですね。現実の仕事で関わらざるを得ないテレビと、自分が理想とするテレビとのギャップがかなり大きく、もがいていました。

周囲には反面教師にしかならない人も多かったですし、現場でまったく役に立てていない自分も含めて仕事のすべてに腹を立てていました。使えないADのくせに生意気でしたが、ものを考える必要がない現場、というのがたまらなくいやだったんです。

でも、ディレクターの仕事をやるようになったら、おもしろくなってきました。ディレクターとしての初仕事は高級官僚の夫を自殺で亡くした奥さんに取材をしたものでした。番組を作って、のちにそれを本にまとめる過程で、野田正彰さんの『喪の途上にて』(岩波書店)を読んだのがとても大きかった。飛行機事故の遺族がどう癒されたり癒されなかったりするのかについてが、精神科医として付き添う視点から書かれ、喪の途上でも人は創造的であり得るし、喪の途上の姿というのは美しいと書いてあった。

「残された奥さんに話を聞かせてもらった時に僕が感じていたのは、たぶんこういうことだったんだ」と思いました。最初の取材でそうして人の陰影に美しさを感じたことは、その後の僕に影響を与えてはいるのでしょう。

僕はよく「死を描く」と言われるけれど、実際には残された人のことを描き続けているんじゃないかと思うんです。いい本に出会って、そんなことを考えていた時期に、『もう一つの教育』というドキュメンタリーのために長野県の伊那小学校で子どもを取材していました。

三年間、仕事の合間に東京から通って子どもたちを撮影していたんですが、学校で牛を育てて種付けをして乳搾りをしようというところで母牛が死産してしまったんです。みんなでワンワン泣いて、葬式もして。でも、乳牛って死産でも乳が出るんですね。その時書いた子どもたちの詩や作文を読ませてもらうと「悲しいけれど乳をしぼる」とか、「悲しいけれど、牛乳は美味しい」とか、悲しみを経験したあとの文章には、明らかに以前とちがう複雑な屈折がありました。

結果的にですが、僕はそういう脱皮の過程と言うか、喪を媒介にして人間が輝く姿に引き寄せられたのだろうと思います。

映画を撮るきっかけは「宮本輝さんの『幻の光』を映画化するという話がある。あなたが官僚の自殺を追ったドキュメンタリーに通じるものがあるから、監督をやってみないか」と誘ってもらったからですね。

さいわい評価もいただけて、予想外のいい着地ができたのですが、反省点はいくつかありました。当時単館映画は七〇〇〇万円から八〇〇〇万円ぐらいで作らなければ資金を回収することもむずかしいのに、何もわからないまま製作費を一億円使ってしまいました。

それから、演出面では『悲情城市』などの映画を撮ったホウ・シャオシェン監督から「構図を事前に決めているだろう。役者の芝居を見る前に、なぜどこから撮るか決められるんだ？　ドキュメンタリー出身なんだからわかるだろう」と鋭く指摘をされたのが決定的でした。

自信がなかったので、事前の設計図をなぞるような形で撮影に臨んでしまったことにあとになって気が付きました。ですから、再び映画監督をやれるという機会をいただいた時には、まず「映画にしなくちゃと思うのはもうやめよう」「自分はテレビの人間なのだから、テレビディレクターとしておもしろいものを撮影しよう」と思いました。

大学時代に尊敬していた、そもそもテレビマンユニオンの創立者のひとりである村木良彦さんをはじめとしたテレビ制作者たちは、即興性や、今起きていることを中継することによって、テレビのおもしろさを追究していました。その発想を映画に持ちこんだんです。

テレビドキュメンタリーの撮影スタッフの規模は必要最小限です。ディレクター、アシスタント、カメラ、録音、それだけ。取材が終われば、メシを食いながら今回の取材はあだったこうだったと話し合い、割と対等に近い目線で役割を越えた親密な相談が成り立つ。それほどの縦社会ではないんですよ。

でも、映画では監督が絶対で、助監督は命令に従うだけといった場合が多いみたいで、それに違和感とつまらなさを感じていました。それで、二作目の『ワンダフルライフ』の助監督には大学生を入れたんです。

つまり、素人に勝手な意見を言わせるわけで、その大学生の中には、後に映画監督になる西川美和さんもいたんですよ。西川さんは、集まった大学生の中でも一番熱心に意見を言っていたけど、やはりそのほうが現場はおもしろくなりました。三作目の『ディスタンス』でも、テレビのやり方に近づけるために撮影部は三人、録音はひとり、照明はゼロ、と現場で動く人数をギリギリまで減らして、テレビ的な横の連携で映画を作ってみたんです。

たとえば録音の人も音だけを聴きながら「この台詞のニュアンスはちがうんじゃないか」などと演出や脚本にも意見を言ってくれる。担当のセクションを越えて意見が言い合える環境が理想だと思っています。

ただ、こういうやり方は、言ってみれば「相手に意見を言わせて、自分の考えよりもおもしろければいただき」だから、僕はある意味ではずるいんだろうとは思うけれど、「おもしろいことを言ってもらえたらそのぶん映画がおもしろくなる」という関係のほうが、いろいろなスタッフと仕事をする意味があるんじゃないかと思っています。

それに映画の現場では怒鳴り声が聞こえがちですけど、『ワンダフルライフ』の時には「怒鳴るのは禁止」にしました(笑)。無名の子ども、おじいちゃん、おばあちゃんというような一般の人たちにも映画の中で自然に話してもらわなきゃいけなかったので、現場でスタッフの怒鳴り声が聞こえてきたら、彼らは萎縮してしまいますから。

『誰も知らない』では、子どもたちのフリートークのシーンを「何を話してもいい」というルールで撮っていました。もちろん、映画の設定については伝えてあるけど、子どもだからつい忘れて自分の学校での出来事を話したりもするわけです。

でもそこで「——おい、学校に行っていない設定だろ!」と怒鳴ってしまえば、子どもたちは話していいことと悪いことを考えるようになってしまう。それを避けたかった。子どもの個性に自分を合わせて、いちばん魅力的に見える距離や表情を探していくというのも、僕がドキュメンタリー出身だからそうしているのかもしれません。

それで、子どもたちには台本を渡さないで、撮影の直前に台詞と動きを伝えていくわけです。ある感情を演技してもらう時にも「悲しい顔をして」ではなくて「目線をこっちに向けて」と具体的な動きから表情を引き出すように子どもたちに伝えていました。

ただ、このやり方って、現場での反射神経で成立しているようなものなので、かなり体力が要るんです。なぜかと言うと……台本を再構成するのではなくて、現場で生まれた何かに台本を合わせるというのは、いつも、事前に用意したことを壊すことになるんですね。

だから、時間や金銭の面についても非常にムダが多くなって、そのぶんコストがかかることになります。忙しい役者さんもいるのに、いい映画ができそうだから撮影を一日延長しよう、なんていうように、そのつど方針も変更できる状況に現場を持っていくには、それなりの特別な製作進行や環境作りが必要になるんです。

二〇〇六年に公開した『花よりもなほ』の撮影は午前一時までかかる日もありましたが、そこから編集をはじめて、その後にホテルに戻ったのは午前四時で、翌朝は七時に出発だから三時間睡眠というような生活が二ヵ月は続きました。

体力については、今、僕が唯一自信があると言えるものかもしれないので、このやり方は合っているのかもしれません。撮影をしたその日に編集をして、そこで方針を立て直して翌日の撮影に臨む、というドキュメンタリーに近い映画の作り方って、最後には体力がものを言いますので。

僕にとっての出発点は、自己表現をしたいというよりは、映像を媒介にして世界と出会ってものごとを考えてみたいということ。だから、ずっとドキュメンタリーの方法を続けてきたのは自然でしたが、二〇〇八年に公開した『歩いても歩いても』は、はじめて自分の感情を端緒に製作した映画と言えるものなんですよ。

映画公開の三年前に、母が亡くなりました。約二年の入院生活で後半の一年は話ができなかったけれど、前半一年に見舞いに行っていた時には、母と、昔話をしたり近所の人についての話をしたり、あぁ、そう言えばそんなこともあったよなという時間が流れていた。

その母が亡くなって、そんな話がもうできなくなったな、と思った頃に、このままではあの時間は消えてしまう……と作品にしたくなりました。実体験を出発点にはしたけれど、あまりベタつかないで作れたんじゃないかな。

興行のことはわからないことばかりなんです。海外の評価にしても、計算や予想は外れることばかりですので、自分本位におもしろがるようにしています。褒められて乗せられる、評価されたいからやる、というのでは自分を見失ってしまいますからね。

ただ、二〇年間、映像の仕事をしている経験から、僕は自分が「ものを考えるために映像を必要としている人間」だとは自覚しています。ですから、もちろん製作を継続するためには資金の回収について考えないなんてことはありえません。

公開前に、どんな宣伝のデザインにして、どんなスチールカメラマンに入ってもらって、どんな言葉を載せたらおもしろくなるか、なんてことは割と考えるほうです。お客さんは、宣伝を見てから映画に行くのかどうかを決めるのだから、そこまで含めて自分の作品ではないかとも考えています。それから、テレビディレクター出身者としては、自分の作品を映画館にかけること自体も、海外の映画祭を回る時に関係者がどんなふうに絡んできて金銭の動きがどんなふうになっていくのかなんてことも、半分、番組の取材のようにして楽しむことができるんです。

海外の映画祭では、上映後に観客と監督で話し合うティーチインというものがありますが、外国の人たちは話をするのが好きだから、映画の上映時間は二時間で、質疑応答が二時間なんてこともありましたね。フランスでは、あるひとりの人が質問をしている最中に「……それはちがうと思う」と、別の観客が話に割りこんできたりするのもおもしろくて、ひとつの映画を観たあとに、こんなにもじっくり話し合えるのかというのがうれしかったんです。

長い質疑応答の最後に、感想として、映画祭の会場で「今日はいい時間を過ごせました」と言ってもらった時には、映画を観る時間だけではなく、映画を語る時間も娯楽の一部なんだなと実感したんですよ。

そうやって海外を回っていると、映画を媒介にしていい議論ができることもあれば、人種差別や批判に晒《さら》されることもあって、そういうやりとりも含めて「映画を作ること」と感じています。それにしても、やはり海外にものを伝えることはむずかしいですね。伝わらない表現もたくさんありますし。

ただ、外国からの反応に晒されてよくわかったのは、「それでも、自分の感じたことや考えたことは、文章や言葉のかたちよりは映画のかたちにしたほうがずっと伝わる」ということでした。

僕は昔は文章を道具にしてものを考えて伝えてきていたように思うのですが、それがだんだん映像になってきているのかなと思います。映画への国内外の反応にしても、僕にとっては「ものを考える道具」のひとつなんです。

「芸術は、理解されたらおしまいです」

杉本博司／現代美術家

現代美術家である杉本博司氏（一九四八年生まれ）の作品は、二〇〇七年にはアートオークション「クリスティーズ」で三枚組の写真で約二億円という高額で落札されていた。どのように作品の文脈を作りあげてきたのかについて取材させていただいたのは、二〇〇八年の一一月二八日だった。初出は「週刊文春」（文藝春秋）二〇〇九年一月一五日号。

三十数年も写真で作品を制作してきているから、頭の中にはいつも数百個のアイデアが出番を待っています。まだ技術的に実現できないアイデアなら、適している方法を思いつくまで待てばいいわけですね。

三十数年も制作を続けてきて思うのは、写真はやはり時間をあつかう媒体なのだということ。私がこれまで写真という装置を使って示そうとしてきたのは、個人の記憶も文明の記憶も、時間をさかのぼって見えてくる人間の記憶の「古層」とでも言えるようなものでした。

存在している世界をまるごとつかまえることはできません。しかし写真に撮られたら世界は時間の断片としてつかまえられるものになる。そうして昆虫標本のように観察できる対象にしてはじめて、世界は理解できるものになるのではないでしょうか。

私が芸術の世界に入るのはアメリカで生活をしたあとでした。一九七〇年に立教大学の経済学部を卒業して、会社員にはなるまいと思ってアメリカに行ったんです。

立教大学の頃はヘーゲルやマルクスやマックス・ウェーバーを読んでいて、これはのちに欧米人に作品を説明するのには役にたったのかもしれません。もちろん、理論で制作をするわけではないけど、論理が明らかでなければ欧米人には通じないので、三段論法などで説明しなければならないわけです。

アメリカではあちこちを放浪したあと、当時カウンターカルチャーの中心地だったカリフォルニアに辿りつきました。ドラッグカルチャーの最盛期で大学生が公園でフリーセックスをしているなんて状況は見ていておもしろくてね、この現象を観察したいと、学生ビザが取れて簡単に入学できるアートスクール（ロサンゼルスのアート・センター・カレッジ・オブ・デザイン）に入りました。

まわりにいたヒッピーたちは東洋思想に傾倒していて「おまえは悟っているのか」と聞いてきましたね。日本人のメンツもあるので、もちろんだ、おまえはまだなのかととりあえず答えておいて、急いで仏教哲学書を濫読《らんどく》しました。

学校はアメリカに滞在するための方便だから写真の勉強に熱心というわけではなかったけど、この時に身につけた大型カメラを操作する技術は今の作品制作にも生きています。実技ではヘンな写真を撮っていたので、教師の評価はたいてい最高点か最低点でしたね。学校を卒業したのは一九七四年でした。

学校を出ると西海岸からフォルクスワーゲンのキャンピングカーを運転してアメリカを東海岸まで横断して、ニューヨークで広告写真スタジオの助手になった。ただ、いわゆる業界人は尊敬できなくてね。先輩の写真を「この構図はダメだ」とか生意気に指摘するものだから、すぐにクビにされました。他にもいくつかのスタジオに行ったけれど、どこも半月も持ちませんでしたね。

仕方がないから自分の車でロケバスの商売をはじめることにしました。当時、ダウンタウンの写真スタジオからモデルと衣装を車に載せ、セントラルパークでカタログ撮影というような需要があったんです。ロケ場所に送り迎えをするだけで日給は七五ドルもらえて、家賃は月に一二五ドルほどだったから、一ヵ月に六回もロケバスをやれば生活はできました。

撮影のアシスタントは別にいるので、一日じゅう何もやることがない仕事なんです。だから車の中でほんとうにたくさんの本を読んだけど、それが私の考えを作ったのかもしれない。そうして広告写真を断念したあとに自分の作品を作りはじめたのが一九七五年です。その頃はアンセル・アダムスの写真が二〇〇〇ドルでも高価だったので、写真で芸術を作ってそれで生活するなんて想像もできなかったですけど。

ただ、デビューの方法だけは「上から順番に降りていこう」と決めていました。下からはいあがるって、何でもほとんど無理じゃないですか。だから、いちばん上からプレゼンテーションをすればいいし、もしダメなら少しずつ降りていこうと決めて、いきなりMoMA（ニューヨーク近代美術館）にプレゼンに行きました。

見せたのは「自然史博物館に置いてあるジオラマを写真に撮る」というコンセプトのものでしたが、その頃の写真芸術の世界では王様のようだった、MoMAの写真部長のジョン・シャーカフスキーが会ってくれたんです。いきなり「おもしろい。買いましょう」と言われて足が震えました。

それでMoMAに作品が収蔵された実績で、あちこちの奨学金をもらって作品を作るようになりました。だから、当時の職業は賞金稼ぎみたいなものなのかな。そうした奨学金で三年は生活できました。

ほとんどの奨学金をもらうと応募するものがなくなるので、妻がはじめた古美術商を手伝ってみたら、これにはハマりましたね。

売るのはアメリカで、日本には年に四回買いつけに行くんだけど、どんどん夢中になっていきました。はじめは京都の東寺《とうじ》の蚤《のみ》の市に朝の五時に行くんです。そこで業者と知りあうともっと安い地方の市を回るようになる。

最初は「刺子《さしこ》」や「筒描《つつがき》」などといった明治時代の染織品を買っていたけれど、そのうち地方特有の信仰に基づいた仏像など、既存の美術史では説明できないものに興味を持つようになりました。

はじめに買っていた染物にしても、明治の農民が膨大な時間をかけていたのだろうと感じられるところがよかったんです。農閑期に作られていただろうから、農耕社会の冬景色が見えてくるようでした。地方のいわゆる無名の仏像も、中央で流行している様式がその土地に入りこむまでにはずいぶん時間がかかっているから、中央にはない変化が加えられていて、それがおもしろかったりしましたね。

それに、そういう品って、専門の彫師によるものではなかっただろうけれど、信仰を持って一所懸命彫ってあると感じられて「美しいな」と思わされることが何回もあったんです。そうして買いつけで全国を回るうちに、自分の手や足で日本人の精神性や歴史性を体感できたような気もしました。

ものにまつわる人間の業の深さもあちこちで目にしました。日本では財閥解体によって、いわゆる欧米にいるとんでもない規模の富豪というのはあまり見かけないけど、そのためか古美術に関しては業者がいちばんの目利きといった側面もある。

それで業者は地方を丹念に回るけど、物々交換や、極端に言えば廃品回収に近いかたちで業者が手に入れた明治時代のタンスが、東京や京都で数千倍や数万倍で売れている状況を目の当たりにもしましたよ。そういう価値が捏造《ねつぞう》される過程にもとても興味がありました。

そのうち、私は古美術商としてプリンストン大学美術館、シカゴ美術館、メトロポリタン美術館などのメジャーな美術館と取引をするようになっていったんです。そのつながりもあり、お得意先でもあったメトロポリタン美術館で、それまで私が約二〇年間に制作していた作品を集めた個展が開かれることになりました。私の作品が急に売れはじめたのはそれからでした。

価値がなくなりにくいものは、まぁ、シンプルなものじゃないですか。装飾過多の作品というのも一時は人の目を奪いますが、長くは持たないんですよ。ずっと価値のあるものと思われ続けるかどうかは、やはり人の心の源泉にまで触れられるかどうかにかかっているのではないでしょうか。

だから、むしろ単純な作品を制作することほどむずかしいと思う。たとえば私の作品の中では、上半分が空、下半分が海という構図で世界のあちこちを撮影する『海景』シリーズは一見単純に見えるけれど、作品にするまでには一〇年以上もかかっているんですよ。

このシリーズの制作をはじめたのは一九八〇年代でした。人類が地上に出現し、はじめて海を見た時にはどう見えていたのだろうかというコンセプトで、世界各地の海で同じ構図で撮影を続けたわけです。古代でも現代でも同じ風景を見ていると思える心理的な仕掛けとして海を選びました。

陸地は、たとえば白神山地《しらかみさんち》のような場所でもなければほとんど人間の手が入っているでしょ？　それでは古代人が見た自然を垣間見ることはできません。しかし、海を前にした構図はそれほど変化していないだろうから、これによって現代人でも古代の海を見ることができるのではないかと考えて。

ただ、このシンプルな写真を現像するのには工夫が必要で、雲ひとつない空を撮影してフィルムを現像しても、普通の現像方法を取る限りは現像にムラが出ていましたね。少しでも雲があればムラは雲の中に溶けこんで見えなくなるのですけど。

そういう何もない空間を写真にするためには、ムラや雑音のない、高度に純粋な現像装置を開発しなければならなかった。これに一〇年かかったんです。それでネガができるとプリントになるのですが、これもむずかしいものでした。ネガは楽譜でプリントは演奏だと言ったのはアンセル・アダムスですが、それぐらい、白黒印画紙にプリントをするのには細心の注意が必要なのですよ。

ずいぶん前に撮りためたこの『海景』のプリント作業は、今も終わっていません。ニューヨークにある私のスタジオでは、朝の九時から夕方の六時まで暗室での作業が行われますが、いちばん重要な「焼きつけ」の工程は、朝でエネルギーレベルの高い時に私自身がやることにしています。午後は第二定着と再水洗着色作業をスタッフが行う。

この一連のプリント作業は手と目が一体となり、感性に導かれて行われるものなので、個展があったりして一ヵ月も暗室を離れたら、現場勘がなかなか戻らないんです。

ですから、長く出張をしたあとには比較的簡単な写真の現像からはじめるのですが、それでもはじめの何日かのプリントはすべて捨てています。そうやって次第に調子を上げて、私の作品群の中でもいちばんプリントがむずかしい『海景』をやるまでには一ヵ月はかかってしまうんです。

実物を見てもらえばわかるのですが、モノクロによる銀塩写真の色はカラー写真の色とはまるでちがいます。カラー写真の色は化学合成だから合成着色料を加えた食べものみたいなニセの発色でね。だけどモノクロによる銀塩写真の発色は美しい銀によるものです。銀という金属色で捉えたモノクロの無限のグラデーションを、ぜひ直に見てもらいたいと思っています。闇の中には闇の黒によるディテールがあって、ハイライトの中には「白の中の白」とでも言えるような色が出ているのですから。

撮影以前の話で言えば、『海景』シリーズは、世界中で同じ構図を成立させているぶんだけ、どこで撮るかを決めるのがたいへんです。海面と撮る場所には標高差が必要で、海の前にはビーチがないほうがいいけど、湾の突き出た先は風が強いので白波が立ってしまうことも多い。

そういうことも含めて、たとえば黒海や紅海や黄海などの海のどこで撮ればいいのかに関しては、地図に載っていない情報が要るんですよ。だから、これまでの経験を総動員して地図を読む勘が必要なのですが、そういう勘って日本のあちこちで古美術を蒐集していた時のものに近いんです。古美術の痕跡を辿っていくのは、ほとんど遺跡発掘調査に近いプロセスが必要でしたので。

たとえば、室町時代のものだと想像できる猿の古面を入手したとします。同時代のものと思われる面が入れられていた箱には「近江社」と箱書きがあったりするわけです。そこでさっそく自分で近江の日吉《ひえ》神社に向かってその森と何とも言えない空気を体で感じ、土地の持っている霊性とその猿の面の持っている霊性が合っているのかを確かめる。そうした足を使ったプロセスを、私はずっと繰り返してきました。そういう経験が『海景』にもつながっているんです。

作品のマーケットにおける値段はこちらには制御できないし、あくまで経済現象でしょう。冷静に受けとめていますよ。昔に安く売った自分の作品の値段が高騰して誰かが何億円も儲《もう》けるなんて現象は、作品が捏造されていく現場を見ているようでおもしろいけれども、自分とは別世界の話ですよね。

いわゆる金融不況の前までのアートマーケットというのは、ほとんど賭場《とば》のようで「オレンジの先物取引よりも利益率が高い」などという動機からの、芸術そのものが目的ではない投資も多かったですから。

芸術の価値を決めるプロセスには騙《だま》しあいの側面もあります。一時的に価格が高騰しても、流行が終わったら値段が急に落ちて「しまった、騙された」となる作家や作品もある。そういういわゆる「みそぎ」の過程は重要で、たとえばこの世界不況のあとにも価値があり続けるのかという「みそぎ」を経てはじめて、作家や作品は本物になるのではないでしょうか。

芸術ってあとづけで価値が生まれるものなんですよ。アルタミラの洞窟に壁画を描いた古代人は芸術なんて意識してなかったでしょうし、芸術とはあとで名札がつくものなのです。また、作品の価格と同じように、言葉による評価にも距離を持って接する必要があると思っています。

批評を正当な理解だなんて思ってしまったら芸術は終わりなんじゃないのかな。ですから私は、理解されかけたと思ったら、もっと煙《けむ》に巻く構造を持った作品を手がけています。「理解される」とは「底が見える」でもありますので。

芸術は「ここには何かがありそう」というその何かをできるだけ遠くまでつなげて味わうもので、完全に説明できてはミもフタもないでしょう？　宗教もそうですよね。「神は存在します。以上」と言い切ってもつまらないですから。

私は写真を使った芸術作品を制作していますが、写真の時代は「二〇世紀に終わった」と言えるものです。

写真が状況証拠として使われたのは一九世紀のパリコミューンの頃でした。革命指導者たちの「やった！」という記念写真に出ていた人は全員死刑にされたんです。それ以来、最近まで写真は警察の物的証拠として使われていたけど、デジタルカメラでデータとして処理、改変できるものになってからは「確かに現実を反映したもの」という証拠能力は失われてしまいました。

真実を写すという「写真」の時代はこうして終わったのです。私が使っている銀塩写真は衰退の一途で、もう気に入っていたフィルムを買うことさえむずかしくなっています。

アメリカで同時多発テロが起きた二〇〇一年からはセキュリティの問題に引っかかるということで、大型フィルムを空港でX線を通さないで飛行機の中に持ちこむことができなくなりました。世界のあちこちにフィルムを持ち運べなくなってしまったんです。

印画紙にしても、私は特殊なものを今後数年分はスタジオの冷凍庫に保存しているけど、製造元であるイギリスのイルフォード社は買収されてしまった。いちおう直接交渉し、数千ロットは買ったけれど、今持っているぶんを使いきったら、私の銀塩写真はそろそろ潮時なのかもしれない。

「自分は写真の時代の終わりに銀塩写真を撮った最後の写真家のうちのひとりである」という意味でも、今、一点ずつをとても大切に現像しているんです。写真の時代を振り返っても、時間を光で保存するというこの発明はほんとうにおもしろいなと思いますね。

今、私は『放電場』シリーズという作品を制作しています。これは暗室の中で発電機を起動させ、自分の体に電気を通してからフィルムに触って感光させたら、雷、微生物、脳のシナプス画像、フラクタル図形などのような模様が浮かびあがる作品群ですね。あの模様は、生命のはじまりを思わせ、宇宙が生まれる時のインパクトのようなものが感じられるんです。そういう意味では、人の心の深いルーツを、光や歴史から追いかけてきた、という自分の関心の延長線上にある。

暗室での職人的な作業をずっと続けるのは楽しいですよ。現像液で濡れていれば色は薄く見えるから、そこから逆算して完成品を想像しないといけないし、夏の暗室と冬の暗室は色がちがって見えるし、しかもそうやって目と手をひとつにするにせよ、いちばんむずかしい『海景』の現像は一〇枚のうち何枚かが成功するというぐらいで、失敗のほうが多いんですから。

普通に白黒の二色で印刷しても版ズレが起きるもので、何しろ、はじめは一〇〇枚に一枚現像がうまくいくかというほどだったので、今はまだましなんですけどね。

「音楽は、経験を内面で熟させてできるものです」
諏訪内晶子／ヴァイオリニスト

ヴァイオリニストの諏訪内晶子氏（一九七二年生まれ）は、一九九〇年に史上最年少でチャイコフスキー国際コンクールで優勝してからの一〇年間ほどは海外で修業の時代を過ごしている。同じ演奏はひとつとしてありません、という談話は、ある物語（譜面）に演奏によって形を与えるかのような側面で「物語論」に関わるのではないだろうか。話を聞かせていただいたのは、二〇〇八年の一二月九日だった。初出は「週刊文春」（文藝春秋）二〇〇九年一月一二日号である。

最近よく考えるのは、音楽とは、つきつめればつきつめるほどに、一生かけて作りあげていくものなのだということです。人生にはほんとうにいろいろなことが起こるけれど、そのいろいろなことをムダにせず、経験を自分の内面で芸術として成熟させなければなりません。成熟こそが問われていることなのでしょう。

もう少し若い頃は目の前の経験を消化することに一所懸命でしたから、経験を成熟させるなんてことを考える余裕はなかったんですよね。でも、今はそうして経験を成熟させるところにこそ芸術のすばらしさを感じています。

幼少時から大切にしてきたのは「目的をきちんと自覚しながら時間を過ごす習慣を持つなら、何をしても結果はいいものになる」ということです。芸術家の仕事は、三年や四年もあとまでの計画を今のうちに立てておいて、自分の進む道を自分で作りあげていく作業ですから。

つまり、自分のつきつめたい目的に向けて、状況の変化に合わせた調整を続けていくわけです。三年後や四年後の計画のためには、という観点で今日をどのように過ごすのかを決めていきます。

演奏家にとって大前提になるのは演奏の技術だから、基礎的な訓練についてはまずはどのような状況においても続けます。演奏ツアーの最中である今日のように、演奏会の時期に入れば、もう演奏会のみに集中することのできるような環境を事前に作っておきます。

演奏会の直前までならば私は音楽のほかにもいろいろなことをやるけれど、ツアーがはじまったら完全に演奏だけに集中しています。ツアーが終われば地に足のついた生活に復帰するわけですね。ツアーの時期は張りつめたハイテンションで過ごしているので、ずっとそのままの状態でもまたよくないのです。

数年後の計画を立てる時に念頭に置いているのは、活動の幅をせまくしないことです。芸術の活動においては活動の幅をせまくすることならどれだけでもやれるけれど、幅をせまくしたあとにまた広げることはとてもむずかしいですから。

ただし、活動の幅を広げると言っても、活動の内容や方向についてはあんまり広げすぎないようにしなければなりません。そのあたりを自分でコントロールしていくのですね。

一九九〇年のチャイコフスキー国際コンクールで優勝した翌年から、私は国内での演奏活動を休止してニューヨークのジュリアード音楽院に留学しています。

数年間は日本での音楽活動をすべてやめて、アメリカにおける音楽活動もかなり抑えました。

なぜそうした選択をしたのかと言えば、もしもここで学問に集中しなければ、これから先に長く続くであろう音楽活動を支えられる何かを獲得できないままになってしまうだろうと自覚していたからです。

私は一九八九年頃から割とたくさんの演奏会でお客さんの前に立つ経験がありました。ただ、その時の感触は「今のままではプロとしてやっていけないのではないか」という違和感だったんです。

「西洋の言葉を話す時と日本の言葉を話す時では、頭の中で考える内容がかなりちがってきます。西洋音楽の作曲家たちは日本語を話してはいないので、日本人が西洋音楽をやるなら西洋の言葉を勉強して西洋の思考回路で音楽を考えるべきでしょう」

恩師の江藤俊哉先生は、よくそのようにおっしゃっていました。海外で音楽を勉強して国際結婚もした江藤先生ならではの言葉だから、私も「勉強できる時間がある若いうちに、言葉も含めて海外で勉強を」と考えていたのです。

ジュリアード音楽院の校長先生は「芸術について考えることを支えるためにも、アカデミックな勉強は必要だ」と主張なさって音楽院内に「コロンビア大学におけるほかの分野の講義に参加できる制度」を作っていらしたので、そういう制度があるならと外国語でそういう勉強もしてみたくなりました。それまでは音楽の訓練ばかりでしたし、私は受験勉強も経験しなかったので、机の上の勉強はそれほどしてこなかったものですから。

実際にコロンビア大学の講義に参加したら、人文科学なんてほんとうにむずかしかったですね。それでも、やはり音楽の理論や歴史やほかの分野の学問を勉強できたことはよかったと思いました。

日本にいた頃には割と「譜面通りに弾けているなら問題ないだろう」と考えていたけれど、理論や学問に触れると、以前よりも音楽を理解できるようになりましたから。それに、今、いろいろな国の人たちと仕事をする時に自分の主張を伝えられているのは、アメリカに留学したからだと思っています。

ここで重要だったのは「アメリカで英語を勉強できたこと」ではなくて、「ぶれない自分の主張を持つスタイルを確立したこと」なんです。

主張そのものは外国語で伝えるので語学も大切ですけど、そもそも明確な主張がなければ言葉にさえなりません。また、主張できたとしても、私はこれがやりたいのだという焦点がぶれていれば、私の音楽に対する考え方が伝わるはずもないんです。

ほかの学生のように勉強だけをする生活ではなく、ヴァイオリンの技術が犠牲にならないように毎日の訓練を続けながらの勉強ですから、アメリカでの数年間は忙しかったですね。

それに、日本にいた頃には、自宅、ヴァイオリン教室、学校と知らず知らずのうちに恵まれた環境の中で活動ができていました。だから、アメリカで急に「あなたは自由である」とそうした決まりきった環境のワクが外されると、何から手をつければいいかもわからなくなりました。

それまでしていなかった種類の勉強もはじめからやるのでとても時間がかかりましたね。ですから、今もニューヨークに行くと少しいやだと言うか、「あの頃はきつかったな」と思います。いわゆる「留学はいい思い出です」というものではないのです。

ただ、理論や歴史を勉強することは音楽に対する考え方を深める参考にはなるけれど、やはり机の上の勉強と舞台の上の勉強はかなりちがうものでしょう。だから、音楽活動を再開してから舞台勘を取り戻すのには時間がかかりました。

一九九五年に音楽活動を再開してから何年か経って、ドイツの国立ベルリン大学で勉強をしていた一九九七年から一九九九年までの頃に、ようやくそうした舞台勘を取り戻せたのではないでしょうか。

その時期、当時の自分の感覚で言葉にするなら「つきあたっていたところを、少し丸くすることができた」のです。

前にいたアメリカというのは開放的な場所で、やろうとしさえすればほんとうに何でもやれるといういい面がありました。ただ、何に関しても白なのか黒なのかを明確にさせる傾向があるために、音楽を表現する時にも、そうした白なのか黒なのかの判断をはっきりさせすぎているようにも感じていたんです。

しかし、ドイツで勉強をしていたら、ほんとうにちょっとした細かいニュアンスを重ねることで音楽に陰影をつけていくんですよね。ひとことで言えばそれがヨーロッパの歴史と伝統なのだろうけれども、音楽をショーのように見せる要素の強いアメリカのやり方とはかなりちがうなと感じました。

おもしろかったのは、ベルリン大学ではどの楽器の専攻者も歌の授業に出なければならなかったところでした。私の声の音域はメゾソプラノでしたが、自分の体を楽器にして歌うとなると、もう私の歌はどうしようもないレベルなんですよ。

ただ、その歌の授業では呼吸と音楽の関係であるとか、フレージングの方法論であるとか、楽器を持たずに歌うからこそ「音楽とは何か」を考えさせられました。この時、ヴァイオリンのいちばんの特色はそれこそ「歌うこと」であろうと思ったんです。ヴァイオリンは、歌にもっとも近い楽器なのではないだろうか、と。

それから、ヨーロッパでは少し道を進むだけでも、それこそ数キロメートル単位で異なる文化が大事に保存されています。

それぞれの地域における音楽祭のプロデューサーのような役割を果たしている「インテンダント」という仕事は、ヨーロッパではかなり認められたひとつの役割を果たしていますが、そのインテンダントの方々と話をする機会がありました。土地の文化を守るために、ほかとちがう特色のある音楽祭をやろうと徹底していて、歴史を後世に伝えようという彼らのスタンスにはとても刺激を受けましたね。そういった人との出会いも、ものすごく重要なんですよ。

今日は取材の直前まで、アシュケナージさんの指揮でメンデルスゾーンの「ヴァイオリン協奏曲」を演奏していました。

同じ演奏はひとつとしてありません。ですから、まずはお客さんの前でヴァイオリンを弾くという経験で得られるものが非常に大きいんです。

また、それぞれすばらしいオーケストラと共演するのだから、演奏中にどんなにすごい音楽になっても対応できるように、こちらとしては充分に準備をしておくわけです。

同じオーケストラとの演奏ツアーでも日によって曲も替わることが多く、直前のリハーサルだけで本番ということもよくあります。ですから、こちらは、どれほどリハーサルの時間が短くても、その時間内に現場でいいものを吸収できる状態になるように準備しておかなければなりません。

本格的に活動を再開してから、もう十数年の時間が経ちました。二回、三回と同じ指揮者や同じオーケストラと共演する機会も増えています。

今夜弾いた曲も、同じ指揮者と八年前にプラハで録音をしています。でも、当時と今日の演奏はまるでちがいました。共演を重ねれば、そのぶんおたがいに相手が音楽をどのように捉えているのかもよくわかりますから。

過去の演奏によって信頼関係を築いた上で、それぞれの音楽観を乗せて音楽を作りあげていくということは、最近演奏をしていてさらに楽しくなったところなんです。

共演のたびの新しい発見もあるんです。昨日はアシュケナージさんとシベリウスの「ヴァイオリン協奏曲」で共演しました。その時には「これまでそう感じたことはないけれど、やはりアシュケナージさんは出身の通りでロシア的な気質があるのだな」と思いました。

演奏家というのは、普通は音楽をコマ切れのように分解し、細かい単位ごとにきれいに調整するものですが、昨日のアシュケナージさんは割と長いフレーズごとに、こう何と言うか「しぶとい」アプローチをされていたんです。

昨日は当日だけのリハーサルで演奏に入るという日で、これまでアシュケナージさんとシベリウスを演奏したことはないために、ほんとうに短時間でパッと音楽をつかまなければなりませんでした。

そういうムダなことができないリハーサルの現場で、アシュケナージさんは、

「フィンランドはロシアの隣の小さい国だけど、ほんとうに妥協をしないんだよね。だから、僕の出身のロシアにも負けなかったんだ」

と、笑いながらサッとおっしゃいました。説得力があるんですよね。

どのような言葉をかけられるよりも、こう、しぶとく妥協のないリズムを取ればいいの

だろう、とパッとすぐに発言の意図が伝わってきました。わずかな時間で作曲家の民族的な背景までさりげなく伝えてくださるのはさすがです。

ソリストの仕事の理想というのは、そうした共演者たちの音楽観をもつかんで、それを踏まえた上でこちらの音楽観を乗せて一緒に音楽を作りあげることなんですね。

共演者との相性もあるのでそのようなアンサンブルが成立する時ばかりではないですが、そういうセッションを私自身も共演者も心から楽しみにしています。音楽とは、そのように人とつながって深まっていくものなのでしょう。

「俺なんて……という音楽を聴きたい人はいません」
根岸孝旨／音楽プロデューサー

音楽プロデューサーの根岸孝旨《たかむね》氏（一九六一年生まれ）には、「作りもの」としての音楽の届け方について、二〇〇八年の六月二三日に話を聞かせていただいた。初出は「週刊文春」（文藝春秋）二〇〇八年九月四日号である。

小学生の頃から、音楽が好きで好きでたまらなかったんです。持っていたレコードはビートルズの『ヘイ・ジュード』とピンク・フロイドの『狂気』でしたが、もう何万回も聴き直しているから、盤面のどこに針を落としても「……バチバチバチッ！」とノイズが聴こえるぐらいでしたね。

その頃、僕の父親は事業に失敗して、突然、家族を残して逃げてしまいました。実家は埼玉でしたが、普段、「坊ちゃん、坊ちゃん」と声をかけてくれていた商店街の大人たちが、突然、僕のことを無視する。自宅に帰ったら、絵に描いたようなヤクザが土足で家に入りこんでいて「金、返さんかい!」と怒鳴られる。怖がる妹を押し入れに隠して、「母と妹を連れて、早くここから出ていかなければ」とそればかり考えていました。

生活のほとんどの局面で、大人の世界の不条理に苦しめられていたのですが、音楽を聴いている時だけはいやなことを忘れられました。現実がつらくて堪《たま》らないぶんだけ、ひとりで深夜のラジオで音楽番組を聴く時間は、自由そのものと感じられたんです。

中学生の頃には、学年で一〇番以内の成績だったらフォークギターを買っていいよと母に言われて、猛勉強したな。学年で三番になれたので買ってもらって、そこからは楽器中心の生活になりました。でも、そのせいで次の年には学年で五〇番台の成績になってしまい、半年はギター禁止になっちゃいましたけれど。

同級生のお兄さんをはじめとした先輩の中には、パトカーを横転させてしまうような暴走族のヘッドがいたのですが、「おい、おまえ、エーちゃんのファンキー・モンキー・ベイビーを弾けるのか」と頼まれて、ギターの家庭教師もやりました。だから、不良に絡まれても「何、カツアゲされた?」とその先輩が何かと守ってくれましたね。

そのまま、高校時代は「異性や勉強は音楽活動の邪魔だな」と思うほどピアノに打ちこみ、合唱団でも本格的に活動していました。大学の頃には日大芸術学部で音楽を専攻しなながら、バンドでベースをやっていましたね。合間にはバリ舞踊のケチャをやったりもしていて、ほんとうに音楽のことしか考えていなかった。

だから、ライブハウスで僕の演奏を観てくれたプロがはじめて声をかけてくれた時にはうれしかった。それで大学にいる頃から太田裕美さんのツアーにベーシストとして参加させてもらい、音楽番組の収録にも参加していました。

大学を卒業した後には、アルバイトをしながらバンド活動をやっていたんです。でも、ある時にデモテープを送っておいたレコード会社の方から呼び出されて、「この曲、うちの新人アイドルに提供しない？」ということになった。

それをきっかけに「君自身の成長のためにね」なんて言われてアイドルやアニメ関連の音楽についての仕事を回されるようになりました。そういったアルバムの収録でベースを演奏するようにはなりましたが、僕に求められていたのは「没個性」だったんです。

作曲でも編曲でも演奏でも、少しでも自分の色を出したら怒られていました。その頃には、もう二八歳ぐらいになっていたのかな。一〇代から知りあいだった音楽仲間たちは、レベッカやバービーボーイズなどのメンバーとしてどんどんデビューしていた。自分だけが取り残されているようでしたね。

「俺は何をやっているんだろう？……音楽が好きだ、というだけでやってきたけれども、今の俺は、単なる便利屋じゃないか」と思った。ちょうど、仕事をくれていたレコード会社の担当も異動になることだし、昔の音楽仲間が音楽関連の事務所に誘ってくれているし、と、そろそろ演奏については潮時かな、やめることになるのかな、と。

そういう時期に、桑田佳祐さんの仕事をいただいたんです。一九九〇年に映画『稲村ジェーン』のサウンドトラックでの仕事を受けた時、僕としては「現役最後の仕事が桑田さんなら、相手にとって不足はない」と思い詰めていました。

事前に楽器や演奏方法についての制約や注文のない、それまでと比べたらめずらしく自由な仕事だったので、VOX社のティアドロップというペロンペロンのベースを持っていって、自分の個性を全力で表現させてもらったんです。そしたら、二テイク録《と》ったところで桑田さんが「……この野郎！」と来た。あ、やっぱり個性を出したらダメだったか、と思っていたら「おい、おまえは今までどこに隠れていたんだ！　また呼んでやるから、覚悟しておけよ」と。ほんとうに感激しましたね。

その後、奥さまの原由子さんのライブに呼んでいただけるようになりました。その次の年には、桑田さんから「じつは関口（サザンオールスターズのベースの関口和之さん）がしばらく休養するんだけど、おまえの夏のスケジュールは？」と。

それで、関口さんが復帰されるまでの三年間、一九九四年まではサザンのベースをやらせてもらいました。普通のツアーというのは一〇曲前後ですけど、サザンの場合は三四曲も覚えなければいけないので、ずいぶん練習をしましたね。桑田さんに仕事をいただけることが光栄で、目の前の演奏に精一杯という時期でした。

サザンのベースとしての役割を終えたあとには奥田民生さんのバックバンドに参加することになるんですけど、その頃にともだちから「おまえ、最近天狗になっていないか」と事実を指摘されてしまいました。あ、その通りだ、真剣に自分の仕事を立て直さなければと思ったんです。引退を覚悟しながら自分のやりたい音楽に飢えていたという感覚を忘れてしまっていたな、と。

自分のバンドである「ドクター・ストレンジラブ」はあったけれど、多忙を隠れ蓑《みの》に、本気で向かい合ってはいなかった。市場に求められているかどうかではなく、一回タガを外して思い切りやってみよう、とバンドの新作を作ることにしました。

当時やりたかった音楽というのはマニアックで実験的なもの。エンジニアはシェリル・クロウのアルバムでグラミー賞を受賞しているチャド・ブレイクさんで、彼はゴミ箱にマイクを入れたり、レコードの回転数を変えたり、バスルームで録音したり、音の処理や残響の実験をずっとやっているんです。

ノイズひとつの美しさを求めて徹夜をするような自分たちの音楽にはピッタリでした。

それでできあがったアルバムには「おまえらすごいなぁ」とプロの人たちを中心に評価をいただきましたね。

作曲や編曲をするという仕事の延長線上で、プロデューサーとしての役割も担うようになったのは、一九九五年になってＣｏｃｃｏに出会ってからです。ただ、Ｃｏｃｃｏはすごく人見知りをするタイプだから、初対面の僕には一言も口をきいてくれなかったんですけどね。

当時は小室哲哉さんの全盛期で、彼女は沖縄出身だからとダンスミュージックを歌わせられていました。ただ、僕がポツンと「詩を書いてみたら」と伝えたら、一ヵ月後には紙束一杯の詩を抱えて来たんです。しかも、内容がすごかった。個性もあるし、書きたいという欲求もあるし、世界観もしっかりある。そこから、プロデュースの仕事ははじまっていきました。

簡単には本音を出さない相手ですから、言葉ではなくて音で会話しているようなもので、その真剣勝負は、すごくスリルがありました。

彼女が作曲をした曲については、本人がアカペラで歌ったものを僕が音符に起こして編曲していくのですが、現場での会話というのは他人から見たら訳のわからないものでしたね。「私はひとりなんだけど、この音では周りにたくさん人がいて」というような彼女の言葉から、音や曲の構成をいじっていきましたので。

　とても時間のかかるやり方で、トビウオが歌詞に入っているシングル『強く儚《はかな》い者たち』（一九九七年）では、「これ、トビウオが飛んでいないよ……」ということで、トビウオが飛ぶ効果音だけで三日かかりました。最後はエンジニアの設定ミスでポンと出た音に対して「飛んだ飛んだ！」とＣｏｃｃｏがその場でクルクル回って決まったんですけど。

　ボツになることも多かったですね。何日も工夫を重ねて「よし、これだ」と作って来たものを聴かせた時には、ニコッと笑うと「……ヤバイ」と思うんです。「ご苦労さまでした」とボツになる。ダメな時ほど笑顔になる人ですから。

　記憶に残っているのは、Ｃｏｃｃｏに詩を訂正することを提案した時に「ネギ（根岸さんのこと）がイマイチと思うなら、ぜんぶ捨てよう」と言われたような、直すぐらいなら捨てますというところですね。

　歌詞を相談するたびに、細部まで世界観がしっかりしていることには驚かされましたし、彼女が言葉では口にしない本心に触れたような気もしました。アルバムを作り終わると、大体どちらかが過労で倒れることになっていて。

　そうやって作った最初のアルバムである『クムイウタ』が九〇万枚とたくさん売れ、彼女ははじめて歌手としての責任を感じていたようでした。それまでは自分のやりたいことだけに集中していた彼女がスタッフワークにも目を向け、メインスタッフたちの前で「私が皆を食べさせるから、私に時間を割いて！」と言うと、現場は燃え上がりましたね。

彼女は僕に音楽の主導権をくれ、僕は彼女の生の声をいじりすぎず、理想的なプロの仕事ができたのが、二〇〇〇年の『ラプンツェル』というアルバムでした。僕自身としての方針はハッキリしていたんです。レディオヘッドの『OKコンピューター』のように緻密な編集を、パソコンを使わないで全てアナログでやろう、という。

「どんなテイクもすべて逃さないように」と何でもスタジオで録音したので、経費はかなりかかりましたけれど、おかげで最高の歌が残せました。このアルバムの中の曲をひとつ言えば、『ポロメリア』でアコースティックギターをかさねた編曲は自分で作ったと思えないぐらいのところまで高められたし、『樹海の糸』では、トニー・レヴィンのように繊細でフワッと広がるようなベースの音を目指せたのがよかった。

彼女の曲を最良のかたちで伝えるために、当時の僕の音楽的な知識をすべて詰めこんで、自分の限界を超えることができた。このアルバムは、いまだにプロデューサーとしての僕にとっての最高傑作なんですよ。

……と、二〇〇一年までは、Ｃｏｃｃｏと特別な時間を共有して音楽を作って来ました。ただ、時間が経てば、人間関係も変わるし蜜月も終わることがあります。今は彼女のことは、離れて応援しています。

今は、音楽を作る側には「お金がない」とか「流行している音楽をやらなければ受けない」とか、とにかく愚痴が多い時代です。でも、そうやってスレたりイジけたりしている場合ではないと思います。もちろん、今の音楽は携帯電話やパソコンに配信される量もかなりあり、ものとしてのアルバムという形への愛着が失われつつあるのは悲しいと感じます。そもそも、音楽のマーケット自体も縮小しています。

しかし、そんな時代だからこそ「これが好きなんだ」「これを伝えたいんだ」という気持ちを大切にしなければならないのではないでしょうか。音楽の魅力というのは、やはり「よくわからないけどすごい」というマジックにしかないのですから。今はタダでさえデジタルの時代で、「失敗したらはじめからやり直し」というアナログ時代の集中力や緊張感を失いかけているのですから、余程の熱意をこめるべきでしょう。

僕は、小林武史さんのように頭の回転が早くて器用なタイプのプロデューサーではないですから、尚更、音楽少年だった頃のような不器用な「これが好きなんだ」という気持ちを大切にしているんです。

今振り返ってみれば、まったくの無名で仕事に絶望していた頃の自分というのは、状況が悪かったわけではないんですよね。周りに流されて卑屈になっていた自分自身がダメだったんです。だって、「俺なんて……」と思っている奴の演奏を聴きたい人なんていませんから。「聴いて欲しい！」という真剣な思いがなければ、音楽は伝わりません。

だから、僕は曲を仕上げる時の最後の最後、これとあれのどっちにしようという場面で、ミュージシャンに「どちらでも……」と言われると怒ってしまうんです。「今まで、お互いいろいろ言ったかもしれないけど、最後こそ、自分のワガママや伝えたいことを通してくれよ！」と。それこそ、音楽の本質なのですから。

「とにかく、時間をかけます」

中村勇吾／ウェブデザイナー

ウェブ上でマウスを動かすと画像が動いて音が流れるという、いわゆる「フラッシュ」を使ったウェブデザインの第一人者として、世界的に高い評価を受けているのが中村勇吾氏（一九七〇年生まれ）である。これまでなかった職業にどのように携わってきたのかについて話を聞かせていただいたのは、二〇〇九年の二月九日だった。こちらはデザインの世界の談話ではあるけれど、都市計画のように作られたウェブ上のプログラム、という点で「物語論」に関わるように思えた。初出は「週刊文春」二〇〇九年三月一九日号である。

学校に講演に出かけてコンピュータの上で作品を見せると、学生さんから「何年ぐらいやれば、こういうものを作れるようになりますか」とよく質問されます。おそらく映画監督にはそんな質問はしないのだろうから、ウェブデザインは簡単にできると思われているのでしょう。

でも、一人前になるまでにはたぶんかなりの時間が要るのではないですか。最近は、この仕事をやりたいと思っている人も多いようだけど、今ウェブデザイナーになりたいと思う時点であぶないかもしれない。就職の時点での人気企業ランキングの上位の会社に入りたがるようなものですから。職種ではなく、ウェブデザインを手段に何をやりたいのかがなければ意味がないでしょう。

僕の場合は「新しい時代のプログラムを作りたい」というためにウェブデザインはかなり有効に使えたけれど、そういう目的がないならやめておいたほうがいい、と志望者たちには伝えているんです。

僕がネットに興味を持つようになったのは、東京大学大学院の修士課程（工学部）にいた頃でした。一九九三年ぐらいと思いますが、まだその頃にはホームページにしてもネット環境の整った大学のオタクっぽい学生しか発表していませんでしたね。

音楽だとかの趣味について熱く語るホームページがあったりして、それぞれ文章はヘタかもしれないけれど内容の濃いものもあったので、僕はけっこうよく見ていたんです。

自分でもページを作るようになったのは、たぶん、僕が「いちびり」（関西弁でお調子者）だからでしょう。当時はまだ「ネットで個人情報を出すのは危険」なんて認識もなかったですからね、工学系の授業でホームページを作りましょうなんて課題が出ると、みんな今では考えられないほどのゆるさで自分の顔写真や住所まで無防備に公開していました。

で、僕はそういう写真を集めて、モザイクというその頃のインターネットブラウザのロゴをパロディにした「ブサイク」というページを作ってウェブにアップしたんです。大学のドメイン管理をしている学生に見つかって、呼び出されてしまいましたけれど。

はじめはそうして遊んでいるだけで、自分の仕事になるとは思っていませんでした。それに、僕は大学を出たあとに橋などを設計する会社に就職して、ネットは何年か見ていなかったんです。

また見るようになったのは仕事からの逃避、というところもあったのかな。設計の仕事って、砂を噛むような作業がえんえんと続くところもありますので。

そこで自分でもウェブで何かを作りたくなったのは、当時マサチューセッツ工科大学にいらしたジョン前田さんの研究室のサイトを見たからだと思います。もともと、大学院の修士時代にもジョン前田さんの作品に影響を受けてはいたんです。

ただ、それから何年か経ち、たぶん自分と同じ時期に刺激を受けたであろう学生たちが、ジョン前田さんのサイトでかなり自由にものを作って発表していました。それを見て、同じ時期に同じものを見ていたはずなのに、なぜ自分は作る側になっていないのか、と何か自分でもやりたくなったんですよね。

作品をネットに発表しはじめたら、デザインコミュニティというところに集まる人たちの間ですごくたくさんの反響をもらいました。単純に言うと、それで僕は調子に乗ってしまったんです。

ウェブの中は、長期的なスパンで仕事を組みたてていく設計の世界とはかなりちがいました。設計の分野であれば、一生のうちに何本かの橋を設計できればいいほうなのですよね。その世界では、ものすごく優秀で、しかも積みあげてきたものがきちんとあっても、世の中には名前も何も出てこないなんて人もゴロゴロいました。

僕は学生時代から独立したいという気持ちが強かったのですけど、就職して数年も経つと「独立は、できても五〇代か六〇代だろうな」と現実がわかってしまったんですね。そこでつい、すぐに評価をもらえるネットに流れてしまったところはあったのかなとも思います。

そうして、ほとんどノリで退社することに決めたあとには、たまたま仕事をたくさんくださる方に会えたり、正直に言えば「ラッキーだな」というところでやってきました。

ただし、仕事の手ごたえに関して言えば、はじめから感じられていましたよ。

ほとんどの人がほかの分野から来ているような若い業界だから、設計の世界で感じていたような「出口のなさ」みたいなものはなかった。いいものを作りさえすればすぐに認められて、作ったらすぐに発表できるというスピードは、自分の性格にも合っていたようです。

それで、三〇歳の頃に設計会社を退社したあとには、当時の状況では志のあるほうだったと言えるウェブデザインの会社にしばらくいたんです。ただ、そこではスタッフの人数が増えるうちに、会社全体としてどうやってものを作っていけばいいのかわからないような状況に陥っていきました。そこで二〇〇三年に独立して、翌年にデザインスタジオを設立したわけです。

僕は「ユニクロＵＳＡ」のような割と凝ったサイトを作っているので、おおぜいで仕事をしていると想像される方もいますが、つねに三人以内で作品を作ることにしています。ビジュアルイメージを決める時点からは、画面の動き方、あやつり方、プログラムを組むところまで数人ですぐにやれる、というところにウェブデザインならではの「やりくち」があるように思いますので。

ひとつのプロジェクトを完成させるまでには、けっこうウンザリするほど試行錯誤を繰り返すタイプです。だいたいひとつのサイトを作るのに二ヵ月ぐらいかけます。まずは誰でもやれるところから時間をかけて作りこみます。そういう単純な努力でやれることって、やられているようでやられていないですから、そこで人より時間をかければ、まず、ベーシックな部分での質の高さは確保できるわけです。

ただし、時間をかけるとは言え、あくまで個人的に時間をかけるようにはしています。この「個人的に時間をかけて質をあげていく」という点は割と大切にしていますね。ハリウッド映画の製作に代表されるような「たくさんのスタッフで」というチームワークではやりません。

すると、誰かに「こうやっておいて」とハッキリ言葉では伝えられないところをいじることができるんです。「ここはもっとフワッとしたほうがいいな」とか、人がたくさん集まる会議の場であれば、つい自分から「まぁ、伝えるほどのことでもないか」と引っこめてしまうようなアイデアやバランス感覚こそ、大切にして詰めていっているのです。とくにウェブデザインでは、そういう個人的な雰囲気のものに人気が集まることも多いですし。

パッと見て「おもしろい」と感じられて、参加できそうと思えて、触れられそうだぞと触ってみた結果が画面の上にフィードバックされていく。そういうものになるよう、いつも工夫していますね。

僕にとってのデザインの完成形は、そうやってコンピュータの画面の上で何回もいじっているうちに、偶然見つけたという場合が多いと思います。だから、時間をかければ、基本的な質も高くなる上に偶然に出会うチャンスも高まるというわけです。

先日手がけたフォント制作会社の「モリサワ」のウェブデザインにおいては、ちょうどそうやっていつも自分でやっているような、画面の上で何かを作ろうとしているプロセスそのものをアニメーションにしてみました。

フォントだけを使ったアニメーションを作ろうとは、はじめから決めていたのですが、そのうち、「かっこいいでしょう?」と完成品を見せるよりも、何かを作ろうとしている過程を見せるほうがおもしろいんじゃないかと思うようになった。

仕事でクライアントとやりとりをする時には、先方からの要望をかたちにしながら、その要望を包みこむようにして自分のアイデアをどんどん足していくことにしているんですよ。アイデアのデモ画面はなるべく早い段階で、時には話をいただいた一週間後に先方に見せることもあります。

CMの世界などとはちがい、これまでの歴史や作品の数々をもとにした共通言語みたいなもので品質が伝わる分野ではないですから。核になるイメージだけでもサッと作って、まずは実物を見せなければならないと考えています。

グラフィックデザイナーやアートディレクターなど、これまでの広告のデザインと比較してみて、ウェブデザイナーの仕事は……と言われたら、まず、ウェブデザインの仕事にとってイメージの中心になるのは絵と言うよりはプログラミングなんですよね。この仕事のおもしろさは、頭の中で考えているモヤッとしたイメージを、プログラミングで実行してはじめて「あ、こうなるのか」と気づくところにあると思うんです。

ですから、グラフィックデザインよりはゲームデザインにずっと近くて、ゲームの方法論を参照しながら作っているところもあるんですよね。それから、最終的にもパソコンの画面で見るものなので、直に画面に描きこむほうがいいとも思っています。つまり、手描きでラフを描いたりはしません。

むしろ、スケッチをしてしまうと印象が固定するとも思います。つまり、理想的な一枚の絵を実現するために処理をしていくという仕事ではないわけです。

グラフィックデザイナーの方にお目にかかると、それこそ「一枚の絵」の完成度に対する感覚に「すごく見えているのだな」と敬服しますが、僕の仕事にはそういう細やかさはありません。むしろ、絵を一枚に決められないからこそ、ウェブの上で絵を動かしたりあれこれアイデアを詰めこんだりして「可能性の束」みたいなものを提出しているところがあるんです。

最近、映像やグラフィックデザインなどのよその分野から興味を持っていただくことが増えてきているのは、そういう「やりくち」が新鮮に見えているからかもしれません。僕は五年ぐらい前に、ほかの分野でも器用に活躍できているウェブデザイナーを見かけて、「自分はあのようにはなれないからウェブ専門でいいや」と思うようにしたことがありました。

そうしてウェブの世界に集中してからのほうが、むしろ「その方法をここでも使ってほしい」とほかのジャンルから言われるようになりました。

僕が仕事をしていて「そうなると怖いな」と思うのは、目の前の雑務に追われて、同じ方法を繰り返してしまうことです。そこで、長い時には半年ぐらいはあえて仕事をなくして、表現方法の開発だけをやる時期を作るようにはしていますね。

仕事の締め切りがないからのんびりするかというと逆で、ここでいろいろとチャレンジをしてみても収穫がなかったらどうしよう、とむしろかなりピリピリするんですよ。いつもなら「まぁいいか」というようなスタッフからの提案でも「〇・五歩でも新しい挑戦をしないなら家でやってくれ！」と妙に厳しくなったりもするかな。

この仕事ではプログラムによってサイトの構造を作って動かしていくわけですけど、それって都市計画に似ているところがあると思います。僕は修士課程までは土木学科にいて「ヘンな看板を立てられたりして街の景観を壊さないよう、どう都市の環境を保全するのか」という研究をしていました。これは今の仕事に通じるところがあるんです。

都市計画においては、建物の土地に対する建蔽率《けんぺいりつ》や容積率ってあらかじめ定められていて、そのことによってここは商業地だとか住宅地だとか、都市の特色も自然に決まっていきますよね。ウェブデザインも、プログラムであらかじめ決めたルールに沿って街ができていくところがあるんです。

それに、都市景観の研究をしていたら、いかに景観というものは建物自体だけではなく、どこからどのように見るのかに左右されるのかもよくわかりました。今、仕事をしていても、画面を見る人の視点をどのように設定するのかをかなり強く意識していますから、かつて研究していたことは、案外、今の仕事につながっているのかもしれないな、とは思うんです。

「一〇〇回のメシよりも一回のインタビュー、でしょう?」

渋谷陽一／雑誌編集者

雑誌編集者の渋谷陽一氏(一九五一年生まれ)は、出版社ロッキング・オンの社長であり、ロック評論家の代名詞的存在でありながらも、今も取材の前線に立ち、「取材の写真はカメラマンの作品としてじゃなくて読者が欲しがるものを考えて撮らないとダメなんだ」と写真も自分で撮っている。物語を聞く方法や形式を開拓してきた過程について、二〇〇八年の五月一六日に話を聞かせていただいた。初出は「週刊文春」(文藝春秋)二〇〇八年六月一二日号である。

僕が音楽評論の世界に入るきっかけというのは、一八歳の頃に雑誌「ミュージック・ライフ」で、グランド・ファンク・レイルロードというアメリカのハードロックバンドについてのレコードレビューを書いたことでした。

彼らは演奏もヘタで革新性もない大衆迎合のバンドと馬鹿にされていたけれど、僕は好きでしたから、世間の批判や過小評価に対して「それはちがうんじゃないか？」と書いたんです。すると、雑誌編集部宛てにかなりの長文で「その通りだ」というような読者の手紙をいただいて、おもしろいなと。

その後、音楽評論家として数誌に寄稿しはじめました。自分なりの評論は当時の音楽ファンには届いていたと思いますが、編集部からは「むずかしい」「漢字が多い」「もっと素直にほめてくれ」などと言われましたね。

ファンの目線で王道の評論を書いているつもりなのに、どうも認めてもらえないんです。次第に音楽業界の中では仕事が成立しなくなるんだけど、図々しいから自分に反省を求めないんですね。ダメなヤツの典型例で「周囲がダメなんだ」と思っちゃった。

それで、自分の正しさを証明しよう、業界の目線ではなくてファンの目線で雑誌を作れば、既存のものより支持されるにちがいない、と自分で創刊することにしたんです。でも、いざ印刷所に出かけても、校正も校了も何も知らない。編集の知識はゼロ。

パンクの初期の時代にワイヤーというバンドが「楽器はバンドを作ってから覚えればいい」という名言を残していますが、僕の場合は「編集は雑誌を作ってから覚えればいい」でした。

それで、二〇歳の頃に二〇人の仲間と一八万円の資金を集め、一九七二年に「ロッキング・オン」の第一号を三〇〇〇部作ったけれど……すぐになかったことにしたくなった。創刊の言葉には「われわれは現在のロック・ジャーナリズムに対して一切の希望を持たない」なんて書いたけど、素人のダメさがぜんぶ出た、非常につまらない雑誌になってしまった。リュックを背負って電車で関東近郊の書店に雑誌を運んでも、一〇部預けて一〇部返品なんてザラで「電車代がムダだ」と暗い顔をしていました。

なまじプロに教えてもらおうと思って、デザインもレイアウトも知りあいのプロにやってもらったのがよくなかったんですね。その結果、アマチュアの勢いはなくなり、そこにプロが流れ作業でやった仕事が混ざった稚拙な誌面になって、プロに任せてもロクなことはないな、と痛感したんです。

だから、第二号はすべて自分たちでやることにしました。表紙は小学校以来の友人が描いたジャニス・ジョプリンの絵、レイアウトは写植屋をやっている友人との切り貼り……と、まぁ滅茶苦茶ですけど、アマチュアリズムの塊のようなものすごく勢いのある雑誌ができて、それは非常に売れたんです。

当時は演劇にしても映画にしても、新宿がアングラやサブカルの発信地でしたが、その新宿で、紀伊國屋書店さんが素人の作った「ロッキング・オン」を置いてくれたんですよね。それが売れたら、新しい文化活動に敏感な取次さんがすぐに流通に乗せてくれて、第四号からは全国販売になりました。

　そうやって雑誌を作るうちにわかってきたのは、エディトリアルデザインの重要性ですね。今も、新しい雑誌を作る時には、エディトリアルデザインに新しいアイデアがなければダメだと考えています。新しい企画やメッセージがあるのなら、必然的に、ビジュアルにおいても新しいメッセージを持つべきなんですよ。

　形式の面でロッキング・オンの代名詞になっている「二万字インタビュー」や「五万字インタビュー」というのも、そうやって生まれていきました。一九八五年に「ロッキング・オン・ジャパン」で邦楽誌に挑戦した時には「頭がおかしいんじゃないか」とまで言われましたが、写真もデザインも既存誌はダメだし、邦楽ファンもシリアスなメッセージを読みたがっているんじゃないかと、市場に待たれていることに対する確信があったんです。コンセプトがはっきりしていたので、当然、取材も写真もリアルになっていったというわけですね。

　僕がインタビューを続けているのはミーハーだからですが、ただ、僕は好きな人の写真やポスターを集めて満足するタイプのミーハーではないんです。有名人とメシを食ったことを自慢するタイプのインタビュアーは馬鹿ですよね。

　たとえばジョン・レノンは僕にとっては神様のような存在ですけど、それでも彼と二時間食事をするよりは三〇分のインタビューをするほうが絶対におもしろいと思うんです。もっと言えば、一〇〇回のメシよりも一回のインタビューのほうがいいんです。

ミュージシャンと一〇〇回寝るよりもその人のコンサートを一回観るほうが本質を理解できるというのが表現というものの持つすばらしさでしょう？　知人に対してであろうが他人に対してであろうが作品は平等に開かれていて、作品を通せば誰だってアーティストに同じ距離で向きあえる。だから取材で作品を検証もできるわけで、インタビューをするのはおもしろくて仕方がないんです。

インタビューの方針は……まぁ非常に普通ですよ。才能があると思った人の表現について、単純に聞きたいことを聞いていくだけです。

僕の方法として、相手の表現を鑑賞した上で自分なりの仮説やストーリーを考えて「あなたの表現をこう捉えています」と気を遣いすぎずにぶつけるという対決型のインタビューにする場合も多いですけどね。そうすることで、相手のいい言葉を引き出していくんです。

取材依頼も正攻法でやっていますよ。大物でブッキングがたいへんだから、とヘンに策を練ることもなく、きっちり正面から門を叩いて、それで開けてくれるところに話を聞きにいくだけです。もちろん叩いても開かない門はありますけど、僕は「この門は開くはずがない」と思いながら門を叩くようなことはしません。

それに、新しい人をインタビューするのに飽きることもないですね。ロックだって過去の名盤ばかり聴いているより、最新の作品を追いかけるほうがおもしろいに決まっているでしょ。それと同じです。

そうやって取材をして雑誌を作って本屋に行くと、自分たちの手がけたものを一生懸命に読んでくれている人がいた……どうかな、うわ、買ってくれたぞ。

「まぁ、おれが作ったなんてことは知るはずもないけどな」

編集の仕事にはそういう黒衣《くろこ》としてのエクスタシーがありますよね。ロッキング・オンの社内に残る人は非常に優秀で、僕はすばらしいスタッフに支えられていますが、会社に残っている人はそういう「黒衣としての編集業務」を理解して心地いいと思ってくれる人が多くて、出ていった人は自分が表に出たいと思う人が多かったような気がします。まぁ、この会社で表に出ようとしたら、まずは社長の僕が邪魔というかウザいですからね。

幼稚園の頃からの友人で、ロッキング・オンの副社長には「おまえの経営方針は渋谷陽一を何人も生産することだけど、無理があるよ。誰もが原稿を書いて、編集も営業もできてという方針では会社は大きくならない」と言われました。その理屈はわかるけど、どうしても自分と同じような人が育ってくれるんじゃないかという方向に動いてしまうんですよね。

もちろん、実際にそういう人材はいるんです。でも、多くはありません。それに、そういう人材育成をすればかなりのスパルタになるので、基本的な能力を持ちながら、モチベーションの高い人でなければ続かないんです。

だから、会社は大きくならないわけで、これは経営としては欠陥ですよね。だから、僕はロッキング・オンのエネルギーの源泉なのかもしれないけど、同時にロッキング・オンの限界を作っているのかもしれません。

経営者の資質としては、儲けようという意識って強ければ強いほどいいんです。僕は、編集者の中では採算を重視するほうだし赤字は敗北だとは思っているけど、残念ながら儲けようという意識はそんなに強くないんですよね。

それで、少数精鋭主義に留まってしまうけれど、経営に特化しすぎても自分が壊れてしまうだろうなと思うんです。だから、編集者として僕より優秀な人は日本にはほとんどいないと、ここでは敢えて言いますけど、経営者として僕より優秀な人なら国内に数十万人はいるでしょうね。

二〇〇〇年からはロックフェスティバルの「ロック・イン・ジャパン」を主催しています。

自分がイベンターになるなんて夢にも思っていなかったですけど、やってみたらイベントの運営って雑誌の創刊に似ていたんですよ。ロックフェスの制作というのも僕は素人としてはじめましたが、雑誌を創刊した時と同じで、コンセプトははっきりしていました。参加者が主役のロックフェスということです。

もちろん、既存のものにもすばらしいロックフェスはあったんだけど、僕は「客のプロ」ですから、イベンターよりもイベントに足を運んでいて、客目線のあるべきロックフェスというのが見えていたんですね。

ただ、どうやって運営したらいいかはわからなくて、それこそはじめて雑誌を作った時にそうしてしまったように、一年目は、ついプロのイベンターに頼んでしまいました。やっぱり、それではうまくいかないんです。

プロって、その業界の常識のワクにとらわれて、前のままで予定調和の仕事をしてしまうという危険性があるんですよ。だから、二年目以降は意地になりました。

「……渋谷さん、そんなことを言ったって、どのイベントもこうじゃないですか」

と言われても説得されません。たとえば自分でフェスに出かけた時の待ち時間にはすごいストレスを感じていましたからね、入場に二時間もかかるなんていやだったんです。

その結果、入場ゲートは八個もあれば充分ですと言われたところをつい三七個も作りま

して、五分で入場を完了させました。トイレも一〇〇個で充分と言われましたが、イベンターの人には、

「あなたは関係者用のトイレしか使ったことがないんでしょう？　おれはトイレに並んでイライラしてたんだ。おまけに年寄りだからトイレも近いんだ！」

と押し切って三〇〇個設置することにしたんです。

僕の仕事というのは、雑誌にしても何にしてもそうやって、いつも客目線で受け手やファンとしての発想を大事にしているから、仕事として成立しているんじゃないのかな。

「漫画を描くことは、ジャズの即興演奏みたいなもの」
荒木飛呂彦／漫画家

漫画家の荒木飛呂彦《ひろひこ》氏（一九六〇年生まれ）の『ジョジョの奇妙な冒険』は、「だが断る」など不思議な味のセリフまわし、関節の可動域の限界を超えるほどひねられたポーズ、ルネサンス絵画のような生命力溢れる絵柄、と全盛期の「週刊少年ジャンプ」（集英社）ではじまったにしてはあまりに異色で、それで二〇年以上、人気連載が続いている。取材日は二〇〇九年の五月二〇日だった。初出は「週刊文春」（文藝春秋）二〇〇九年六月一八日号だ。

漫画家と編集者の出会いは「偶然」というところがあるんです。僕の場合も「週刊少年ジャンプ」に持ちこみの電話をして、出たのがたまたま初代担当の椛島さんという方でした。彼の影響がなければ今のような漫画は描いていないんですよ。彼がずっと「ジャンプでマイナーをやろう」と鼓舞してくれていましたから。「メジャー誌にマイナーが載ってるからおもしろいんだよ!」と。それで自由にやれたんです。

少年漫画には、普通はこうしてねと言われるルールがいくつもあります。外国人は出さない、女の主人公は出さないとか。でも僕はワザと反発したわけではなくて(『ジョジョの奇妙な冒険』シリーズは登場人物の大半が外国人で、六代目の主人公である「ジョジョ」は女性だった)、自分なりのセオリーに従って漫画を描いていたらそうなりました。

自分が接しておもしろかった漫画や映画の共通点を分析するのが好きなんですが、それで漫画や娯楽作品全体での自分の求めている位置を把握できるんですよね。

たとえば映画はB級ホラーでも何でも観るけど、今、自分がいいと思うのは、リアリティを追求しながらもある時点でグッとファンタジーに入って現代における神話のような話を見せてくれるもの、つまり、クリント・イーストウッド作品のような方向性です。

そういう自分の志向に合わせて描いていきます。絵もそうで、たとえば井上雄彦先生みたいなリアリティを追求しながら、車田正美先生のようにパッと一発で個性や精神的なものがわかる、シンボル的な要素も出していきたい、なんてなるわけです。

あとは、僕の絵は基本的には男と女の顔が同じなので、髪の先端を尖らせたり、コイツしか着ないだろうなというファッションにしたり、現実の世界にはないシンボル性を取りいれるんですね。よく言われる「ジョジョ立ち」も、はじめは現実的な限界のちょっと先まで腕をねじったらシンボル的効果があるだろうなと狙って描いたものです。まぁ、最近はみんなあのポーズを実際にやれちゃうんだけど。

一九八〇年に二〇歳でデビューしてから、「ジャンプ」の編集部には、絶対にマネするな、先輩の足跡を踏むな、と言われ続けたんですよね。手塚賞っていう割といい賞でデビューしたんですが、「勝負はこれからだ」とクギを刺されてぜんぜんチヤホヤされない。けっこう虐げられていた気がするな。でも、それがよかった。チヤホヤされたらすぐにダメになったでしょうから。

ちょっとでも前にあった漫画に近い要素が混ざると「……マネだろ！」とすごく言われるから、先輩の足跡の上には「掠《かす》める程度」だけしか乗ることができないんです。体から別の腕が出てきてボコォッとものを壊したりする「スタンド」（精神力を実体化させる、『ジョジョの奇妙な冒険』の代名詞のような能力）にしても、前から超能力を絵にしたかったけど、リアルに念を出すのはもう大友克洋先生が描かれているから別のアイデアにしなきゃ、と思いついたものでした。

一九八〇年代のジャンプの雰囲気はすごかったですね。パッと見てほかにない個性を感じられる新しい絵が求められる。余計なストーリーをギリギリまで排除したシンプルな漫画を提出していく。ムダのない抽象絵画のような漫画ばかりのおそろしい表現媒体になっていて、ここで新しいものがどんどん生まれている、という実感がすごくありました。僕は『キン肉マン』のゆでたまご先生や『キャプテン翼』の高橋陽一先生と同年代なのですが、ゆでたまご先生は僕が仙台で高校生だった時からデビューしていて、おれも遊んでる場合じゃないな、と焦りました。二〇代の前半に「ジャンプ」で『魔少年ビーティー』や『バオー来訪者』などの連載をやらせてもらいましたが、これが自分の漫画というものはなかなか見つけられなかったんです。自分なりの話は思いつくんだけど、絵が「自分だけの絵」ではないんです。

鳥山明先生みたいに「あの漫画だ！」とサッとわかる絵を描きたかったんですけど、自分の中ではぜんぜんできていなくて。個性的で、しかもほかにない新しい絵を求めて悩んでいましたが、『ジョジョ』の第一部がはじまる前かな、イタリア旅行に出かけたのが大きかったんです。

イタリアの美術の実物って、彫刻でも絵画でも、写真で見るよりずっとすごいんですよ。作品が醸し出す雰囲気、飾られている現場を支配する迫力……建物も、歩いても歩いても近づいて来なくて、遠近感がわからなくなるだまし絵みたいで、すごくいいんですね。こういうものは日本の漫画にはないし、これを漫画にすれば、日本にも欧米にもなかったものになるのでは、と目指すものが見つけられたような気がした。

これは批判で言うのではないけれど、いまの漫画も、新しい表現を開拓して欲しいなと思います。ヒットした先行作品の要素を寄せ集めたら売れるに決まっている、というのではなくてね。僕も漫画や映画作品については分類や分析をしますけれど、その基準も「売れたから」ではなくて、あくまで「自分がおもしろいと感じたかどうか」だけですから。

それにイーストウッド作品なんて、古いとされる表現方法も敢えて良しとしていて、年を重ねたらその弱さも堂々と描いている。それが新しいし、すごいじゃないですか。

僕にとって、漫画を描くということは日記を書くみたいなものなんです。『ジョジョ』って、すごく構築した作品だとよく思われているんですけど、自分の中ではその時その場で考えたことをアドリブで描くジャズみたいなもので、ちょっと間違えてもその現場の一回限りの録音ならではの味が出ていたらおもしろいんじゃないの、という考え方でやっているんです。

そういう感覚になったのは、週刊連載をずっとやっていたからでしょうね（『ジョジョ』は「週刊少年ジャンプ」で連載がはじまり、二〇〇五年から月刊の「ウルトラジャンプ」で継続している）。もちろん、第一部から、いまやっている第七部に至るまで、それぞれ連載をはじめる前にある程度はストーリーを考えておくんです。

テーマも、バーンと打ち出している「人間讃歌」であるとか、「敵も味方も、肯定的にものを考える人しか出さない」であるとかいう、軸として追う部分は揺るがないようにしています。でも、肉づけの細かい部分については、事前に決めつけすぎると、たとえば「来週の読者」とか「今年の時代の空気」みたいな目の前にあるものとズレてきてしまうし、連載をしているうちに、どうしても自分ではコントロールできないところが出てくるんです。だから、日記やジャズのようなものだ、と納得するしかなかったんです。

週刊漫画って、一回描いたらリセットできないんですよ。今週、登場人物が右手を怪我したら、うわ、左手にしなきゃダメだったんだ、と気づいてもそのまま進めなければならない。はじめはそういう週刊特有の進行がすごくいやだったんだけど、そのうち、それはそれで味がある、と捉えるようにもなりました。

ただ、漫画の週刊連載というのは、若くないとできないのかなとは思います。今週の疲れを取らなきゃ来週に行けないんですけど、疲れはどんどん溜まってくるので。だから、漫画の長期連載には体調管理が必須なんです。それで、今でもその時の習慣で、毎週、生活リズムは常に一定に保っているんですよ。

仕事は午前一一時から午後一一時までです。朝は、仕事場に行く二時間前には起きて、腕立て、腹筋、スクワットをしたり、それなりに時間をかけて準備をしてから出かけるようにしています。座っている姿勢でいる時間が圧倒的に長い仕事ですから、体を動かしてからじゃないと腕が動かなくて……。僕は手首とかよりも背中に疲れが溜まりやすいので、どうも手で描くほうではなくて腕全体を動かすタイプみたいですね。

昼の休憩は一時間で、食事は朝食と午後六時で、それ以降にはほとんど食べません。いつも同じ体調でいたいし、外食をしていても食事の量や自分の体重の変化がすぐにわかるので、あ、いつもよりちょっと食べすぎだからもうやめておこう、とか思ったりします。漫画のアイデアに一日、下書きに一日、ペン入れに三日で週休二日。これは二〇年以上の習慣なので、今の月刊連載でも週刊のスケジュールを四回繰り返すだけですね。

週刊連載で鍛えられたのは、一週間ぶん、一九ページで読者にひとつのアイデアを伝えるというコツかな。たくさん詰めても読者にはわからない漫画になってしまうから、ひとつでいい、と若い頃に編集者に言われてから、今でも月刊でも大きい見せ場は一回にひとつです。最後のページではさらに人物や状況がパワーアップして「……どうなるんだ？」と引っ張るのが、まぁ基本ですね。人間讃歌やルネサンスをテーマにしているので、生命力のある線で絵を描くことは相当意識しています。

漫画を描いていてよく考えるのは……平和を描くと絶対につまらなくなるということ。漫画で戦いがないとつまらなくなるということは、現実の世界に平和が実現していても、人間は何らかのかたちで日常に戦いを組みこまなければやっていられないのではないか、とは感じるんです。

やっぱり、戦いって常にあるもので、否定したらいけないんだろうなぁとは思います。そこから問題になるのは何とどのように戦うのかで、恨みを残さない、誰かを悲しませない、そういう戦い方が要るんです。

それで今の『ジョジョ』の登場人物のジャイロは、銃を撃とうとしたやつに自分で自分を撃たせるように仕向けたり、自分からは人を殺さない人物に設定して、といろいろ考えて戦いを描いてはいます。それに、敵にしても、いつも「主人公とはちがうけれど、一貫した価値観を持っているから戦わなければならない人物」として描いているんです。

自分も、若い頃は読者アンケートの票数にライバル心を抱くことはありました。だけど、人を倒したいなんて思ってもダメなんですよね。そのうち徹夜で締め切りに追い詰められると、そんなことは言っていられなくなって、結局、自分との戦いになるんです。むしろ、ほかの作家さんたちを尊敬するスタンスでやっているほうが、いい漫画を描けるような気がします。

アイデアを出すことについても、自分との戦いなんです。僕は漫画で謎を描いているつもりなんですけど、アイデア、つまり僕の中では「謎」というのはなくならないものなんです。世界に未開拓地がなくなったように見えても、歴史や人間の内面に新しい謎はいくらでもあって、こちらが描きたいとさえ強く思えばアイデアは出てくるんです。だから、むしろ怖いのは表現意欲がなくなることです。つまり、やはり、自分自身に勝たなければならないんですよね。

「不安な感覚の共鳴が、物語をおもしろくするんです」

かわぐちかいじ／漫画家

漫画家のかわぐちかいじ氏（一九四八年生まれ）に話を聞かせていただいたのは、二〇〇九年一二月二四日のことだった。初出は「モーニング」（講談社）公式サイト上の連載「漫画技術論」である。

漫画の世界にいる人たちというのは、たとえばアイデアをコマ割りで表現した「ネーム」という単語のやりとりに代表されるように、「漫画家と編集者の間における専門用語の交流」に留まっていて、外の世界に自分たちの技術を説明してはこなかった。

それぞれの漫画家が、何十年間もそれで生きてきた伝家の宝刀のようなものは、その人だけのものとして使われてきただけだった。そういう技術をいろいろな現役漫画家に聞いて、言語化して残しておくのはおもしろいことかもしれない。

そもそも、僕が漫画を描く時には「顔を描きたい」という思いがまずあります。だから、初期の頃は今より顔を大きく描いていた。そうすると、五頭身くらいだからバランスが悪い。だけど顔を小さくはしたくない。やはり、表情は大きく描きたいですから。そのため、『沈黙の艦隊』（講談社漫画文庫）の頃から「顔は小さくしないまま体を大きくする」ことにしました。だから、人物の体は連載が進むにつれてだんだん大きくなっていきましたね。

『沈黙の艦隊』文庫版11巻190ページ

また、初期の頃には人物の目をとても小さく描いていました。その時期には「劇画」と言われる形式で漫画を描いていたから、リアリティのある絵ほど「よし」としていて、主張しない目のほうが、リアリティがあると思っていました。ただ、「モーニング」で連載をはじめる頃、創刊編集長だった栗原良幸さんから、唯一、絵につ

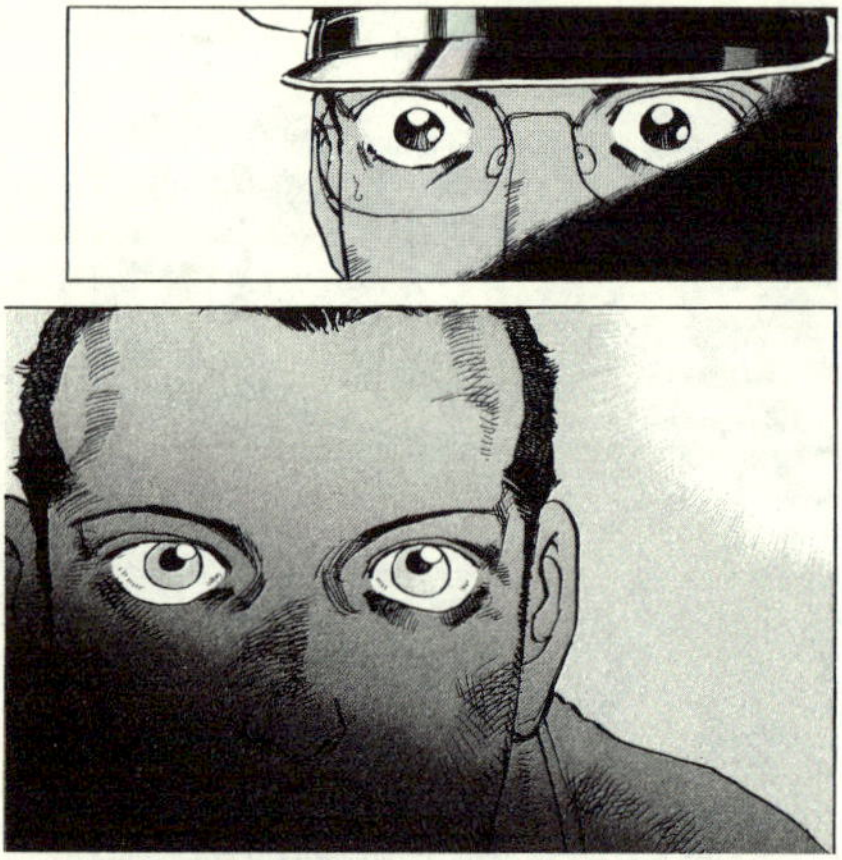
『ジパング』13巻139ページ

いて注文を受けたのがその「目の描き方」でした。
「僕はこれまで少年漫画誌の編集をしてきて、少年漫画の良さは大きい目の中に感情が宿ることだと思っているんだ。かわぐちさんにも、今回はそういう表現をしてもらいたい。人物の目をもっと大きく描いてくれないだろうか？」
栗原さんにそう言われた直後は抵抗があってすぐには実行できなかったけれども、そのうち意識的に少しずつ目を大きく描いてみたら……確かに、リアリズムの表現だけではない感情を描けるようになったんです。「なるほどな」と。そうしてだんだん僕の描く目は、『ジパング』（講談社）ぐらいの大きさになっていきました。
そうしたリアリズムの表現だけではない「目や顔の表現」ができたのは、次ページのコマです。『ジパング』の満州編での、宣統帝溥儀《ふぎ》を真ん中に置いて草加と角松が拳銃を向

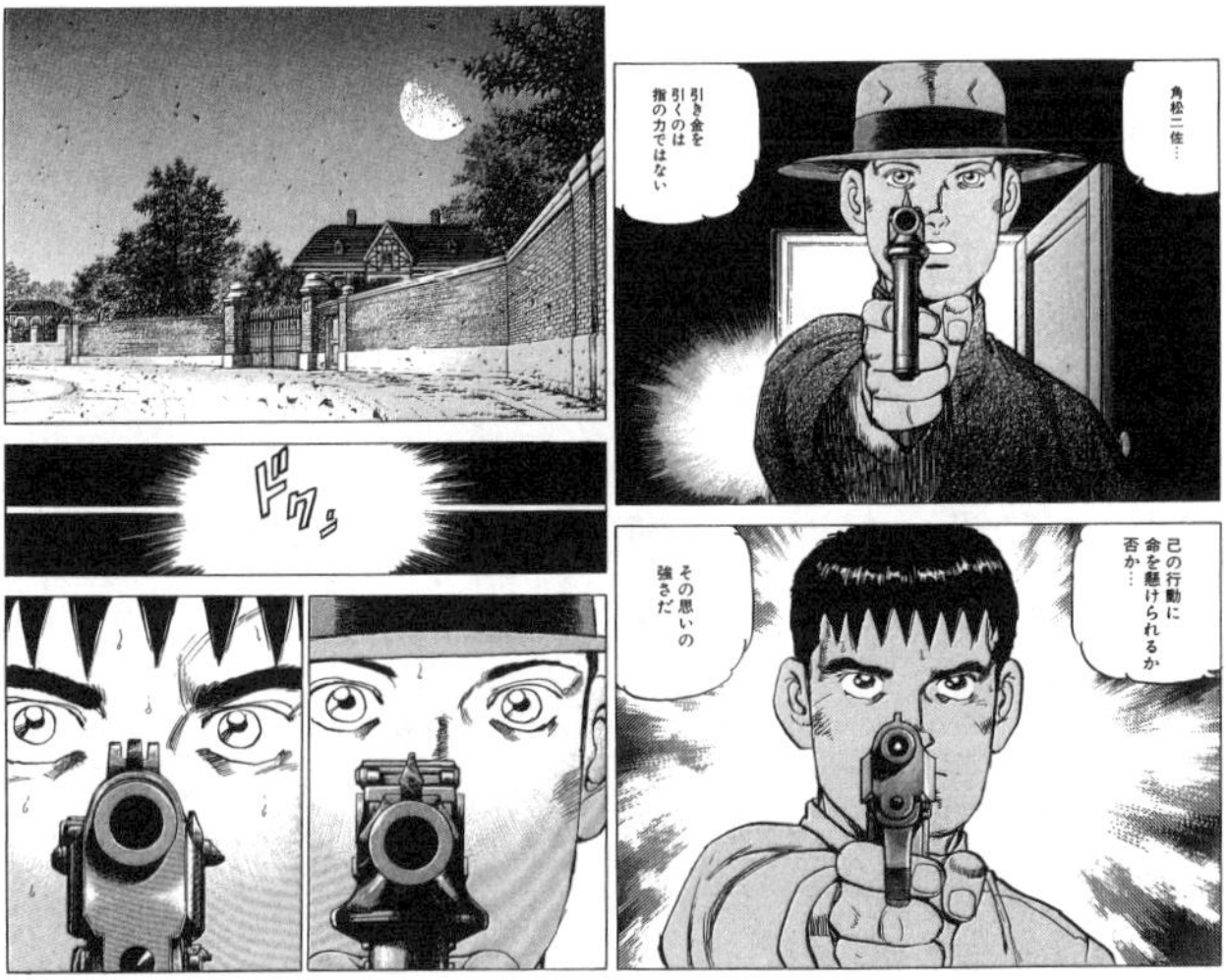

『ジパング』8巻48、49ページ

けあうシーンですね。ここでは、歴史の重要な転換点において、「拳銃を撃ってしまう」草加と「拳銃を撃てない」角松の対照性を、顔のアップの切り返しをした時の表情であらわしています。このコマで、それぞれの人間性まで表現しました。

　草加と角松のふたりには、ひとことでは言えない関係性があるんです。愛情も憎悪も同時に抱えている。すばらしさを認めあって信頼している側面もあるけれど、立場や行動の側面では敵対関係にある。ですから、それぞれの場面におけるふたりの関係性については、かなり細かく神経を使って伝えなければならなかった。ここでは敵対関係にありますが、他の場面では「草加は角松に対して優しい気持ちを持っているな」と思うところもあり、ふたりの関係は描いていて楽しかった部分でもありますね。

それから、あくまで僕の考えですが、主人公はあんまり喋らないほうが恰好《かっこう》いいんですよ。方程式における「エックス」のように「わからないもの」であるべきなんです。そのことによって、人物の中味や振れ幅にボリュームができてくる。だから感情の吐露なんてやらせないで、顔や目で語らせることを意識しています。

そして、そうした人物はまわりとの距離や関係によって魅力が浮かびあがるもの。集団の中にいるそうした人物を魅力的に描きたければ、たとえば『ジパング』であるならまずはたくさんの人物を出し、洋上艦における役割分担を描くことによって、戦闘する組織そのものを魅力的に描くべきなんです。

そうすることによって、『ジパング』のキャラクター配置自体が映画などでも用いられるオーソドックスなものであっても、キャラクターに魅力が出てくる。

また、『ジパング』の海や波や洋上艦の絵の表現については、スタッフに「この漫画で読者にいちばん見せたいものは『洋上艦に乗っている感覚』なんだ！」と徹底的に伝えていました。洋上艦の中の組織を魅力的に描きたければ、まずは洋上艦そのものをリアルに見せなければならない。そして、読者にリアルに洋上艦に乗っている感覚を伝えるためには、海や波の表現もシンプルなものでは済まなくなるんです。

それから、人物の目の描写について僕がとくに大切にしているのは「不安を感じている時の目つき」です。人間は不安を感じている対象にこそ同時に魅力も感じるのではないでしょうか？

僕にとって物語を描きたいと思わせる源泉は「不安な感覚」で、人物の配置や時代背景などはすべて、それに沿って考えるものです。僕は、人間っていちばん興味のあるものにこそ「不安な感覚」を感じているのではないだろうかと思っているんです。たとえば、気になって惹《ひ》かれている異性に対しては巻きこまれそうで「不安な感覚」が生まれるように、ね。

そして、連載を続けるうちに、読者が漫画をおもしろがってくれている時期には、「読者と作者の『不安な感覚』が共鳴しているからなんじゃないのかな」と感じるようになりました。

『沈黙の艦隊』の連載を始める時期には「そろそろ冷戦が終わるのではないか」という世間の空気があった。すると、それまでの冷戦構造における米ソの均衡は崩れ、アメリカが世界を支配する時代になるのかもしれない。そこで、日本はアメリカとどう付き合うべきなのだろうか……。そうした「漠然とした不安」を漫画に描いたからこそ、読者の感覚とシンクロしたように感じながら連載をしていたんです。

ただしテーマについては、あんまり巧みすぎたり作りこみすぎたりしてもうまくいきません。このへんは「たまたまうまくいっている」となるのがいいのではないでしょうか？

『沈黙の艦隊』文庫版5巻105ページ

『沈黙の艦隊』を始める時期にも、最初はそれほど大きいテーマにしないで、「潜水艦が描きたい」と言っていました。オーソドックスな「刑事もの」のパターンを踏襲して「国際法を犯して逃走した日本人の乗っている潜水艦を、法の番人である日本の自衛艦やアメリカの海軍が追いかける」というシンプルな話にしていたんです。

そのまま連載を続けていたら、コミックスで二巻や三巻ほどの時点で、「この漫画はいい素材を使っているけれども、このまま描いていたらある程度のところで潜水艦は捕らえられて終わることになってしまう」と、さきほど話に出てきた初代編集長の栗原さんがアイデアをたくさん持ってきてくれました。

それで、捕まらないままの潜水艦が「アメリカという国のリーダーシップに対して異議申し立てをする」という、精神的な側面も含めて戦いを挑むプロセスを描くことについて相談を重ねました。うまく展開しはじめてから、テーマを少し深めて広げて大作にしていくという方向転換をしたんです。

主人公の海江田は、さきほど伝えたように「喋らない謎の人物だからこそ魅力がある」という「エックス」としてすでに描いていました。そのために方向転換後には、この海江田と対立する人物であるアメリカ大統領の変化や成長を描きこんでいったんです。

アメリカ大統領のベネットは、海江田という謎の怪物と斬り結んでいく。そのためには、アメリカの国益を離れて全世界におけるリーダーシップを発揮できなければならない。そういう人物は、海江田という謎の人物からどのようにインスピレーションを受けるのだろうか。こうして、テーマは長続きするものになったと同時に、スケールの大きいものになっていきました。

編集者との打ち合わせについては……僕は、何人かでモチをついておいしくしていくように、最後まで何回も相談を重ねて漫画を練りあげます。もちろん、編集者にあんまりいろいろ言われたくない側面もある。不備を指摘されたものの次にいいアイデアが出るとは限らない側面もある。でも、やはり漫画は読者がおもしろがるべきものだから、読者がいちばん楽しめるものをとなると、作者ひとりの欲望は越えなければならない。

やはり作者は新人であってもキャリアを重ねていても「いい意味では感情過多、悪い意味ではひとりよがり」で、自分の描いたものを冷静には見られないんです。「これはわかりにくいですね」と言ってもらってはじめて思いこみから抜けられる。それほど当事者って見えないし、わからないんですよ。

それにストーリーもので長期連載になれば、はじめはほんの少しのズレを含んだ程度だった物語の「シワ寄せ」が最後に一気に負荷になってのしかかってくる。僕は物語の大風呂敷を広げたがるほうなので苦労するけれど、物語の大風呂敷を畳むプロセスにおいては「思いこみ」が致命傷になる、非常にデリケートな調整が必要なんです。

九年以上連載を続けた『ジパング』では「面倒だなぁ、これ、爆発させて終わりにできたらどれほどラクだろうか」と追い詰められる場面は何回もありました。でも、後悔をしないように、自分の納得できるゴールまでたどりつけるように、と思ったら、やはり相談を重ねて「シワ寄せ」の問題を解決していくしかなかった。

マリアナの海に
この男の艦《ふね》は
消えた…
現場海域で
生存者は
発見されず
現在に至るまで
乗員216名の消息は
判明していない
『ジパング』43巻102ページ

『ジパング』最終回までの数話ぶんは、太平洋戦争が終わった後の日本、つまり現代の自衛隊のイージス艦がタイムスリップしたことで歴史が書き換えられた後の状況を描いています。ここでは登場人物たちが命を犠牲にした意味が問われるから、ストーリーを閉じる上でも非常に大切な部分で、本来は「戦後編」としてむしろこちらをメインにして漫画を描きたいぐらいに想定していたんです。

しかし、ここでの戦後の描写は、逸話としてはおもしろく展開できるところなのに、場面としてはメインストーリーになりえない、とだんだんわかってきました。

主人公のひとりであった草加はすでにいなくなってしまった。もうひとりの主人公であった角松も体を自由に動かせない状況にある。それでは、物語の謎解きはできてもドラマにはならないんです。

キャラクターがいなくなってしまった状況では、漫画にはならないんですよ。キャラクターがいれば漫画になるわけで……ちなみに、漫画って、キャラクターがいるからこそ、描いている本人もおもしろがれるものになるのではないでしょうか?

そのような漫画ならではのキャラクターの重要性については、僕は「モーニング」で『アクター』という作品を連載していた頃にとくに感じました。「……あ、キャラクターがしっかりしていたら、描きながらおもしろがれるもうひとりの自分が生まれることになるのだな。それなら、読者もおもしろがってくれるにちがいない」と思って、読者にきちんとつながることができましたから。

『ジパング』13巻140、141ページ

「戦いを描く」という手法については……バトルは、漫画を最もおもしろくしてくれる要素なんです。バトルこそがドラマを作ってくれる。「不安や魅力を感じて、ある人物なり現象なりに引きずられていくこと」も含めて僕はバトルだと思っていて、そうしたバトルは漫画に官能性を与えてくれるのではないでしょうか？

ただ、いくら読者をおもしろがらせてくれるとは言っても、バトルそのものはテーマにはなりません。だから、バトルを通して何を描きたいのかというところがなければ、ただ単純に身体能力や装備の強さを競って終わりになってしまう。また、きちんとしたテーマがなければ負けるプロセスや勝っていくプロセスにこだわった見せ場も作れなくなりますね。

僕がバトルを描くことを好きな理由は、そうした「体力のあるヤツが勝つというだけではない、精神性も含めての人間と人間のぶつかりあい」が漫画のおもしろさなのではないかと考えているからです。それでこそ、画面に「緊張感」も生まれてくる。

それぞれの人物が何を背負っているのかという精神性も含めたすべてでぶつかりあうなら、会話のやりとりやディスカッションもバトルになるので、いいかげんにはできません。バトルはつまりそうした言葉のやりとりも含めたぶつかりあいから「緊張感」を発生させるもので、そうして「緊張感」を出せるところこそ、僕がずっとやってきた「劇画」そして「漫画」という手法の持っているいちばんの魅力や強みなのではないでしょうか?

いまの若い人の描く漫画と僕の描く漫画とは、すこし技術的にちがうところがあります。それは、僕が「劇画」の手法で表現されるものが好きだからなのですね。「劇画」で表現されるものというのは……ひとことで言うなら、それは「緊張感」。コマとコマの間を緊張させることこそ、「劇画」の手法が目指すところなんです。

「劇画」の表現においては、コマとコマの間に「緊張感」がなければ、ワク線で仕切られている意味がなくなります。

まず、漫画のページをめくりますよね。すると右上に一コマ目が出てくるけど、まず、そのコマが何のためにあるのかという意味が必要なんです。その一コマ目にストーリー上において重要な意味があるほど、次のコマとの間に緊張感が発生していく。それがコマ割りにリズムを与えてくれるわけです。だから、はじめにやるべきことは「一コマ目の意味をどれだけわかりやすくできるのか？」なのです。

『沈黙の艦隊』文庫版11巻208ページ

その一コマ目を描く技術について、「モーニング」初代編集長の栗原さんはかつて「ピントを合わせる」という言葉を使っていました。一コマ目が何のためにあるのかについて、まずは物語における意味としてのピントを合わせる。すると、そのコマを受けた次のコマもいい形で続いていくんです。

一コマ目で、ある人物が決定的なことを言うとしましょう。すると決定的なことを言う力に満ちた描写に対してピントを合わせれば合わせるほど、次のコマに出てくる「発言を聞いている人物」も強い意味を持ってくる。そのように「緊張感」という「つなぎ」によって、コマとコマがおたがいに重力を持って引きあうことこそが、まずは「劇画」の手法の基本と言えるのでしょう。

三〇年、四〇年とずっと生き残ってきた人の漫画を見れば、それぞれ流儀はちがうけれど、読者に必要とされ続けただけの力をいつも感じます。はっきりと言語化はしていないのかもしれないですが、それぞれ、「これだ」というものすごい技術を意識的に使っているわけです。

それを持っていなければ読まれ続けないという技術は、まずは「読みやすさ」の技術で、これについてはたとえば弘兼憲史さんの漫画を見ると、「すごい技術だなぁ」といっ

『沈黙の艦隊』文庫版15巻446、447ページ

も驚かされます。弘兼さんの場合には、人間をどう描写するのかというだけではなくて、どう見せて伝えるのかという点においてかなり細かい技術をこめて漫画を描いている。僕とは技術や神経を注ぐところがちがうけれど、いつも「どうしてそんなに読みやすくできるのですか？」と質問をしたくなります。

「コマ割りの技術」と「それによって生まれるリズム」については、それぞれの人の生理に根ざしたところがあるから、単純にスパッとアドバイスをすることはできません。

いまの若い人の漫画の中にはさっき言った「ピントを合わせる」の逆をしているものもあります。むしろ一コマの中にいろいろな要素を詰めこんで楽しそうに描いている、という漫画ですね。だから、このコマ割りの技術については、おたがいに参考にすることはできても、教えることはなかなかできません。

もしもある人の漫画を読みこんでみて「この人は自分と似たようなポイントを狙った漫画を描いているんだな」とわかればアドバイスはできるのだけど、そうでもなければ、それぞれの生理に根ざしたコマ割りについては、他人の生理をムリに改造はできないのでアドバイスすることは難しいですよね。だから僕も、新人賞などでのアドバイスは、大半が「思いこみ」や「ケアレスミス」についての指摘に留まっているのです。

どうして漫画を続けてこられたのか。ずっと好きなモノを描いてきたのでヒット作が出なかった時期も不遇だとは思っていませんでしたが、ひとつ大きかったのは、双子の弟がいたことかな。

いま、弟は故郷の尾道《おのみち》で商売をしているのですが、一時期、どちらがオヤジの商売を継ぐのかで話しあったんです。そりゃあおたがい、東京で好きなことをしているほうがよかった。でも、親はそのままにはしておけないよなぁという暗黙の了解もあった。双子に生まれたら関係は同等だから、一緒に商売をするならどちらを「主」にするかでモメてしまうわけでしょう？　だから「どちらかひとりが尾道で商売を継ぐんだ」ということは、言わず語らず、どちらも意識はしていたんです。

それで、いよいよどちらかに決めなければならない時期がやってきた。弟との間には「どちらがどうする」というちょっとした論争があって、結果としては弟が帰ることになった。納得していなかった弟を無理に帰してしまったようなところもあった。

そのあと、僕はなかなか漫画での結果が出なかったのですけど、結果の出ないまま、漫画の世界で何もやらないままで終わってしまうことは、自分は何よりも弟に対して「それだけはデキないなぁ……」とずっと思っていたんです。だから、せめて描きたい漫画を描いていこう、と。

「弟がいる」という支えみたいなものがなかったら、僕はそのまま終わっていたのかもしれません。金銭的・状況的に苦しい時でも漫画を描き続けていられたのは、「同じように漫画が好きだったのに、弟はひとりだけ漫画をやめてオヤジの跡を継いだ」ということに申し訳ないと思っていたからでしょう。仕事が軌道に乗らないうちは、弟に対して「負けた」ことになる。いつも、それは悔しいなぁ、負けたくないなぁと思って漫画を描いていました。

連載漫画家に必要な資質は、おそらく「絵を描くのが好きである」ということでしょう。単純ですけど、継続するためにはこれがいちばんではないでしょうか。経験上、背景などを描いてくれるアシスタントのスタッフもそうなのですが、「何よりも絵を描くことが好きである」という人であるなら、次から次へと出てくるいろいろなハードルをクリアできるように感じています。

絵を描くことが好きなのか。それとも、絵を描いている自分が好きなのか。そういう、試金石になるような分岐点があるのです。後者はなかなかハードルを越えていけないのだけれど、前者は何よりもまずガマンができて仕事を投げないから、いつしかそういうハードルを越えていける。

絵を描いている自分が好きというだけでは、追い詰められたら絵を描くことがどうしても苦しくなるんです。しかも、苦痛に満ちた局面は、この仕事をしていたらいくらでもやってくるもの。だから、絵を心底好きでなければ、やってられないなぁと思って続けていけなくなるのでしょう。

このへんのことは、新人時代にはなかなかわからないのかもしれません。新人賞に投稿している時点では時間的にも精神的にも割と余裕を持って漫画を描けて、追い詰められていないですから。

でも、連載なんて持ったら「かならず」追い詰められるでしょう？　そうなれば、絵を描くことがほんとうに好きでなければ、どこかで耐えられなくなる。このことは、実際に相当キツい作業を追い詰められてやるという経験からしかわからないけれども、漫画の仕事を続けていくのならば絶対に通らなければならない分岐点なのではないでしょうか。

苦しくても逃げないで「まぁ、好きなのだから仕方がないだろう」と踏み留まって漫画を描く。僕はいまも、絵に取りかかったら一日に一五時間や一六時間は座って絵を描いているわけです。週刊連載をしていれば、一週間のうち二日や三日はそうして「食事と睡眠時間以外は仕事だけをおこなう」という生活が延々と続いていく。だから、よほど好きでもなければ、ね。この仕事を続けるために必要な資質は、単純に言うなら「それだけ」でしょう。

苦しみに負けて漫画家がラクな道を選んでしまえば、読者はすぐにそれを感じ取るはずです。そもそも、どういう描線を描くのかという「選択」で漫画はできていて、読者はそういう作者の「選択」を信頼して漫画を読みはじめるわけで、その描線における感覚の交流を楽しみにしているわけです。漫画家が一生懸命にその「一本の線」を選んでいない、とか、他の人に描いてもらっている、とかいうことになってしまえば、すぐに「選択」の底の浅さを見破られて、他のもっと厚みのある表現に読者は集中するのではないでしょうか？

僕がこうして仕事を続けていられるのは、まがりなりにもそういう「一本の線の選択」を、そのつど苦しみながらも大事にしてきたからなのではないかなぁ。


九年以上、『ジパング』で太平洋戦争を描き続けた上で痛感したのは、いまだったら、「なぜ、あんなバカなことをしたのか」と言われるあの戦争も、あの時点で「バカなこと」と思うことは不可能だったのだな、ということです。

当時の日本人はアメリカとの戦力差について冷静な判断ができなかった。何人かその戦力差を知っていた人がいたにもかかわらず、日本は戦争に踏みきった。これはむしろ「冷静な判断をさせなかった何かがあったこと」こそがあの時代を調べるポイントだなと思うようになりました。それは、いまに至るまで続いている、日本人の中でクセになった行動原理でもあるはずなんです。

『ジパング』の中には、直接ではないけれどもそうした行動原理について考えたことも描きこみました。

なぜ、日本人は歴史の転換点において冷静な判断ができなかったのか。それは……感情的な問題なのでしょう。江戸から明治にかけて、西洋諸国から強引に外交を迫られた。仲間になるか属国になるかと言われたようなものだから、必死になって西洋諸国の仲間になろうとした。ところが、そこに「負けた」「強引に押しきられた」という感情的な負債と言うかキズみたいなものが生まれてしまった。

そうでありながらも、西洋文明のスタンダードな文化や慣習を吸収していった。そうい

『ジパング』8巻47ページ

う屈折した感情を抱えたからこそ日本人は頭にきていて、冷静な判断ができなくなっていった。ただ、時にはそのように冷静な判断ができなくなることもあってはじめて血の通った人間であって、そうした人間の集まった国家というものも充分に感情的になりうるのである、なんてことを考えて描いていました。

「漫画の最大の武器は、わかりやすさです」

弘兼憲史／漫画家

漫画家の弘兼憲史氏（一九四七年生まれ）に話を聞かせていただいたのは、二〇一〇年の一月二一日だった。初出は「モーニング」（講談社）公式サイト上の連載「漫画技術論」である。

まぁ結局、漫画を描くって、過去の経験も何もかもを活かして、これまでなかったストーリーを……と四六時中、懸命に案を練ることでしかないんですよ。ですから今でも、年に休みはせいぜい三日で、五分間のトイレの時間だって読書にあててネタを吸収する、なんて生活を三〇年以上も続けているわけです。

まず、絵に関しては、顔の表情についてはは線を少なめにして描くということを心がけています。だから、大きいアップの絵でも、顔にたくさんの斜線を引いて影を付けるということはあんまりしません。顔に細かく描き込むクセをつけると、小さい顔の表情が描けなくなるでしょう。すると大ゴマばかりの絵になって、広さを感じられなくなります。

広さを感じさせるのは大ゴマではなくて、ひとつのコマの中に小さい人物を入れることなんですね。つまり、アップではなくてロングなんです。シンプルな線で顔を描いている

『課長 島耕作』新装版17巻191ページ

『課長 島耕作』新装版17巻192、193ページ

と、ロングのコマに対応しやすいんです。

それと、絵とフキダシのバランスについては、リズムを乱さないように、わりと贅沢に絵を前に出すようにしています。つまり、フキダシの数をなるべく抑えるということですね。今の若い人の漫画には、一コマの中で何人ものキャラクターが喋るという描き方もよく見られますが、それは読みにくくさせてしまう危険性もあります。やはり漫画の良さって「読みやすさ」「わかりやすさ」なんですよ。

漫画って、映画とは違ってたくさんの動きは見せられない。BGMを効果的に使うこともできない。小説ほど多くの言葉だって使えない。制約だらけです。ただ、漫画には、たとえば電車の中でもいつでもどこでもスッと開いたらすぐにその世界に入り込める「圧倒的な敷居の低さ」という他にない武器があるんです。その「わかりやすさ」のためには、セリフは削りに削って骨子だけに留める、ムダなセリフは捨てる、というのを心がけています。

中高年女性のエロスを描写するリアリティについて、ですか。まぁ、そのへんに関しては、そういうエロスに愛情を持って描いているということに尽きるんじゃないですかね。

『加治隆介の議』文庫版5巻321ページ

「うなじに汗がはりついているところ」とか、「着物を少し着崩している」とか、ほんとにそのへんにいそうなおばさんの何気ないしぐさも「……お、コレは萌えるな」なんて思って、常日頃から観察しています。

そして、中高年の身体の線についてはできるだけリアルに、できるだけいやらしく描きたい。だから参考資料に野村沙知代さんの写真集まで購入するほどで、おかげでたるんだ腹に微妙なニュアンスを付ける線の引き方なんてのもすごくうまくなりました。

僕は必要があれば老女の性やヌードもよく描きますけれども、ご高齢の女優さんはなかなかそういう演技はされないので、テレビや映画では高齢者のベッドシーンはなかなか観られない。僕の作品は漫画だからこそできる、映像にできない分野を開拓しているのかなとも自負しています。きれいな身体の裸より、たるんだ身体のほうが身近に感じられて、よりエロティックになるんです。

ストーリーを作る時にポイントにしているのは、まだ誰もやっていない分野のストーリーを開拓することです。僕が中高年の性を描き始めたのも、これまで映画や小説ではテーマとしてすでに表現されていたけれども、まだ漫画ではあまり描かれていなかった分野だから。小さい頃から漫画に親しんできた団塊世代が高齢になった時、その世代が読みたがるであろうストーリーを作るようにしています。

「これまでなかった」という点では、『島耕作』シリーズ（講談社）は、典型的な日本のサラリーマンの世界をリアルに描いた先行例がなかったので、かなり幸運でした。僕は三年ほど、大阪にある松下電器（現・パナソニック）の本社でサラリーマンをやっていましたから、リアルに描くことができました。

本社にいると、それこそ創業者であり当時会長だった松下幸之助さんから始まり、社長、専務、常務などの役員から末端社員に至るまで、会社のほとんどの人間と廊下などですれ違います。歓楽街で有名な大阪の宗右衛門町の宴席に連れて行かれることもあり、上司たちに気を配りながら末席で静かに話を聞く、なんてことも体験するわけです。

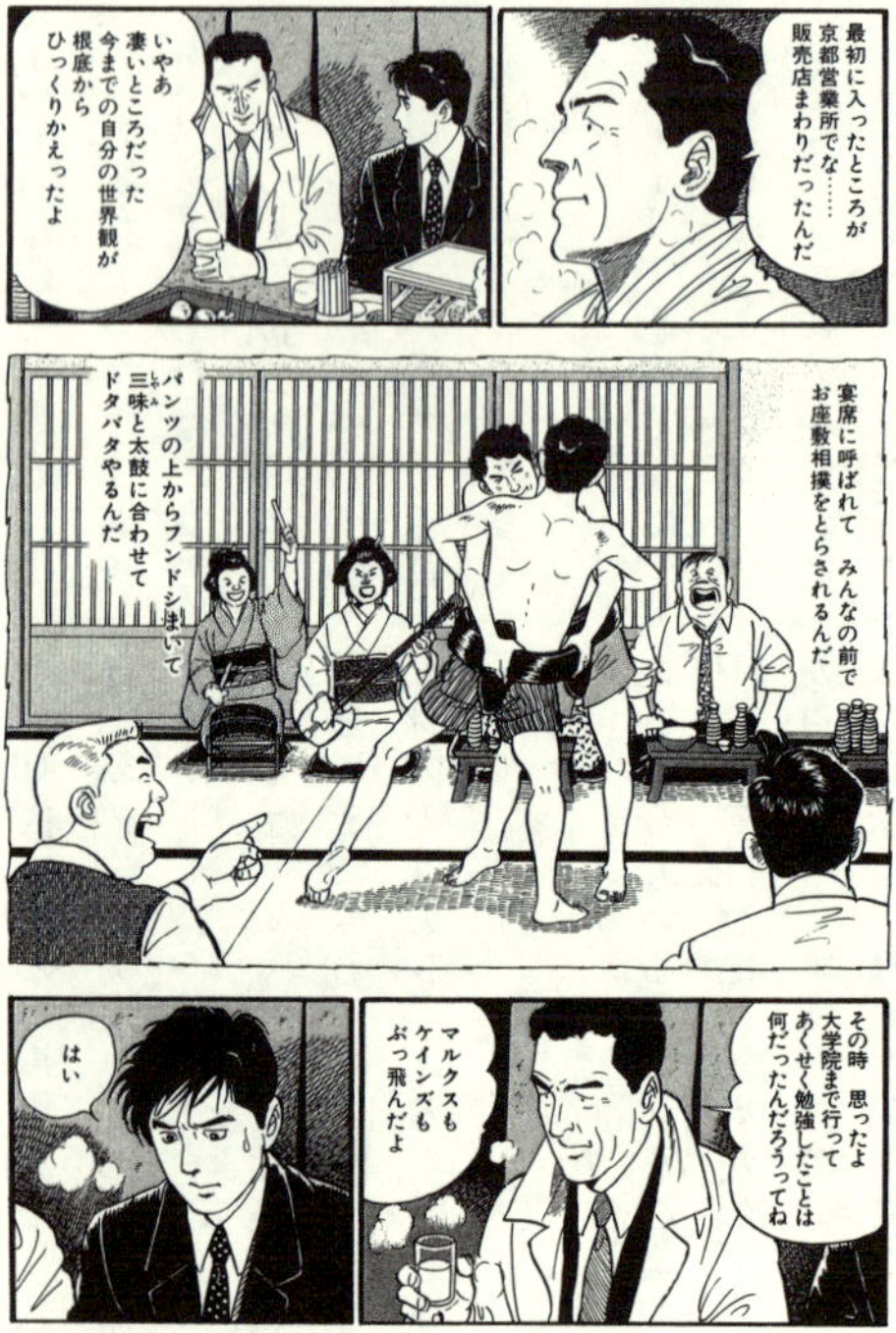

『課長 島耕作』新装版9巻125ページ

そうやって組織の上から下までを観察して、会社というものの全体像をつかめたからこそ『課長島耕作』は描けたのだと思います。生々しいと好評だった、部長時代の中沢の「宴席に呼ばれて、みんなの前でお座敷相撲をとらされる」「大学院まで行ってあくせく勉強したことは何だったんだろう」というセリフだって、アレは僕が実際に営業の連中から聞いた言葉なんです。リアリティがあって当たり前なんですよね。

『加治隆介の議』（講談社漫画文庫）で政治をテーマにした際、その前の『島耕作』でディテールの重要性は痛感していましたから、国会議員への直接取材ではまず「朝食に何を食うか」「国会が休みの時はどこに行くか、何をしているのか」という日常の取材から始めました。そのうえで、今、日本で起きている問題は何かを考え、いくつかの柱を作って、現実にリンクするようなストーリーを練り上げていったんです。

『加治隆介』の取材で時には報道さえ入り込めない暗部を知ることができたのは、ひとえに取材現場で仁義を通したからでしょう。当時もすでに報道の世界では週刊誌ばかりか新聞社もオフレコの談話を漏らすなど「何でもあり」の状況だったけれど、こちらは一回限りのスクープをもぎ取るなんてことはせずに、信頼関係を築いて何回も話を聞くというタイプの取材をしていたんです。

つまり、掲載許可も丁寧に取り、多少おもしろさが削がれても先方からの訂正の要求は愚直に反映させて、情報源は確実に秘匿する。そのことで「アイツはちゃんとしてくれるようだぞ」と相手に認めてもらえれば、数回会ううちに、報道関係者に対するよりもグッと踏み込んだ内容を聞かせてもらえるようになるんです。あとは、やはり漫画で育った世代の政治家のみなさんにはかなり好意的に接していただけたってこともあって、あの作品ができたんです。

ただ、そういうスタンスで取材をしていては、ものすごいネタも時には発表できないなんてこともかなりあるんです。でも、僕は漫画家ですからね、ジャーナリストのように「ここでは真実を伝えるために戦わなければ……」なんて思いません。そういう大ネタは、いつかどこか別の分野で、状況に虚構を加えた別の物語の中でいくらでも描くことができるわけでしょう？　それこそ、ファクトだけを問うのではない、フィクションを描いている人間の持っている強みなんですよ。

次ページのコマはお互いを思い合いながら別れてしまった場面で、映画の演出で言えばもうサイレントだろう、と考えました。

漫画のコマの処理の中で最も重要なのは、見開き二ページのうちの左下、つまり次のページをめくる寸前の最後のコマです。「……お、どうなるんだろう？」と読者に思わせるコマなんです。ですから、ここでもサイレントの手法を使いながら、左下の最後のコマに

『課長 島耕作』新装版5巻120、121ページ

向けて緊張感を集約させていきました。

まず、「市場の前」という本来は雑踏や喧騒の音のある場所であえて音を消すことで、無音であるという効果を高めますよね。そして、雨は静かに降っている。島耕作が電話をかけると、電話の音ぐらいは聞こえてくるかもしれません。それでおずおずと電話に出て、ラストの「島さん!!」になる。

こういう無音のあとのセリフは心に残りやすい効果があるんです。次ページの『加治隆介の議』でも選挙運動中にトマトをぶつけられるシーンは無音ですけど、そうすることによってそのあとの「大人になるとあれぐらいのつらいことはいっぱいあるんだ　大したことじゃない」というセリフの味わいも深まってくるんですね。これ、自分ではとても好き

『加治隆介の議』文庫版1巻
296、297、300ページ

なセリフなんですよ。

各回の構成案を練る時には、頭の中で映像をバーッと流すようにして筋を考えるのですけど、最後のコマでオチ（決めのセリフ）を作っておいてからコマ割りを組み立てると、どのシーンを省略させるべきかをハッキリさせやすいですね。漫画のリズムは、「何を描かないのか」の省略と、場面の転換によって生まれるものですから。

最後のコマは、『島耕作』シリーズなら、不意に衝撃的なことを言われた島の「え？」という顔で次回に興味を持たせる「ヒキ」を作るとか、あるいは『黄昏流星群』（小学館）のラブストーリーが終わる回なら、ふたりで田園風景の中を歩いているシーンをロングで見せて「ジ・エンド」という雰囲気を出す、なんてことがほとんどですね。どちらにしても、最後のコマはできれば五秒ぐらい見て余韻を感じてもらいたいので、より印象づけるよう大ゴマで描くことが多いです。

場面転換については、東京タワーとかエンパイア・ステート・ビルとか、誰にでもわかる風景を大ゴマで描くことで、「あ、今、この場所に移動したんだな」と確実にわからせるようにしています。

場所ではなくて時間の移動を見せるには、風景だけではなく、わりとコマをゆったりめ

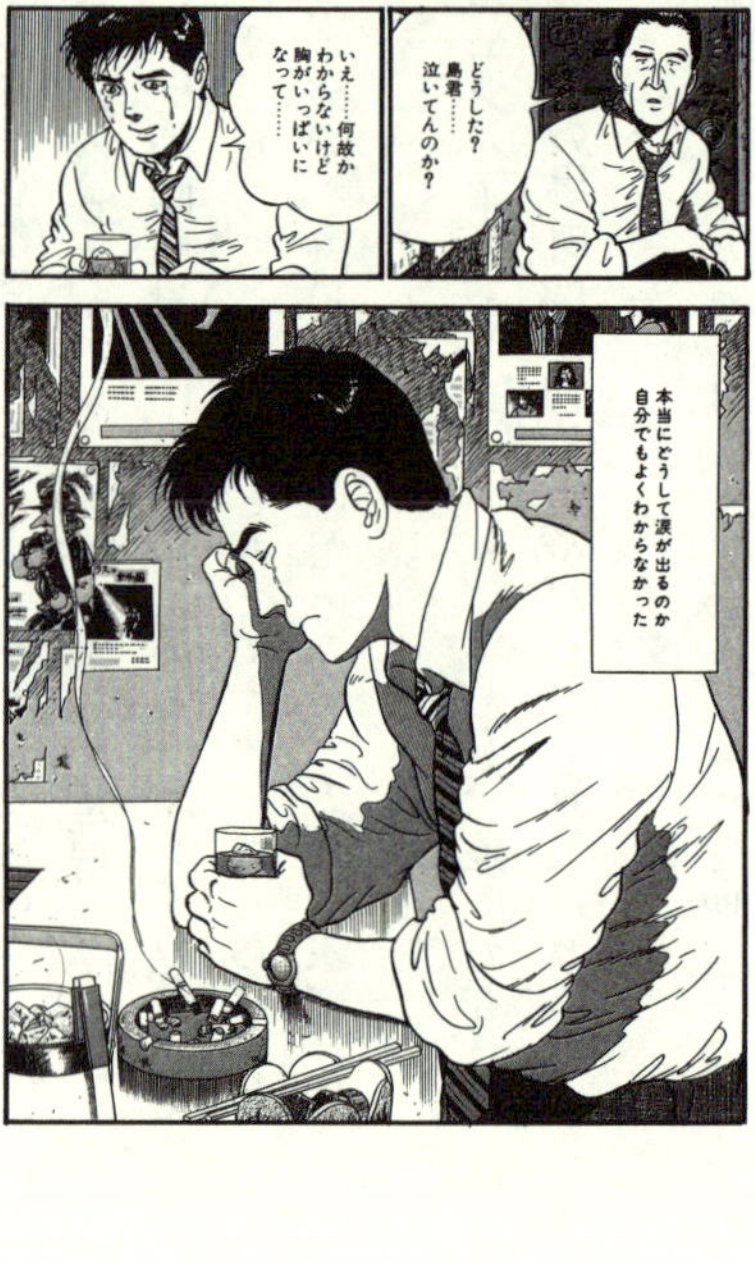

『課長 島耕作』新装版17巻
58〜60ページ

に使って、たとえば灰皿に吸殻が増えているとか、皿のおでんがなくなっているとか、カウンターに突っ伏している人間とか、そういった小道具をうまく使って示したら、「上司を説得するのに朝方までかかってしまった」なんて感じがよく伝わるものになります。

ほかには、会議や宴席がずっと続いているような、場面が変わらないシーンを描く時は、アングルを変化させることで読者を退屈させないようにしなければなりません。顔の大小や角度を変えるばかりではなくて、時には背景の上にセリフをかぶせたり、あるいは白黒を反転させて「目の前が真っ白になった」という表現を入れてみたり……。

漫画では、映画のように圧倒的なBGMの力で泣かせる演出はできません。漫画のコマの中で、小さい空間での会話で読者を感動させるって、かなりの技術が必要なんですよね。

初期には、多くの原作者ともコンビを組んでいます。それぞれタッチの違うシナリオを漫画にする作業は、どこを調整しなければ絵にならないかが人によって違うので大変でした。その作家のクセと、自分の構成のクセを合わせる作業はなかなか苦しいものです。でも最終的には、原作が付いていても自分のカラーを主張して描きましたけどね。

特にやまさき十三《じゅうぞう》さんは、映画の現場で助監督をされていたこともあって、コンビを組

『弘兼憲史短編集4　朝の陽光の中で』文庫版188、189ページ。
デビュー作『風薫る』より

ませていただいた『夢工場』（双葉社）では、どの箇所も完璧に絵にできるすばらしいシナリオを書いてくださいました。その時は、いかにこちらがそのすごい脚本に応えて、十三さんを少しでも感心させるようなアングルや演出を入れられるかという毎回の勝負が楽しかったですね。シナリオにはなかった傘を小道具として出して、傘が歩道橋からフワッと浮かんで飛んでいったら、その陰から抱き合っている男女が出てくる——なんてシーンを描いてみたりもしました。

猪瀬直樹さんと『ラストニュース』（小学館）で組ませていただいた時には、男女の絡みのシーンになると猪瀬さんは「ここは弘兼さんのほうがうまいので任せます」

と書いて、そのページは白紙にしてくれていました。「よし、それじゃあこのシーンは俺に任せてください」というノリで、猪瀬さんと会話をするように作品を作ったのがおもしろかったですよ。

僕が長く仕事を続けられているのは、『ハロー張りネズミ』（講談社）、『人間交差点』（小学館）、『課長 島耕作』、『加治隆介の議』といったいわゆる代表作を、軌道に乗せたら一〇年を目安に自分から連載を終わらせたことにあるのかもしれません。それが、作家としての新陳代謝を良くすることになった気がします。おかげでマンネリに陥らずに済んだところがあります。

『張りネズミ』では、オカルトも時代劇も何でもありという、描き手として自由にやれる快感を初めて味わい、『人間交差点』では、毎回主人公が交代するから人物の顔をかなり描き分けられるようになりました。それによって、あとに描いた『島耕作』や『加治隆介』では、多様なバリエーションを持った人物をリアルに、しかも自由自在に描けたとも言えますね。

「モーニング」編集部の依頼を受けて部長編の連載を開始して以降の『島耕作』シリーズと、それからこちらも連載一五年を超えた『黄昏流星群』に関してだけは、一〇年で終わらせるという区切りは付けていません。この二つについては、これまでもこれからも一緒に年齢を重ねていくファンと「成熟化」「高齢化」というテーマを突き詰めていこう、という別の目的が生まれましたからね。だから、ライフワークとして行き着くところまで行ってやろうじゃないか、というような気で連載を続けているんです。

「何でもない話こそ、描くのが難しいんですよね」
うえやまとち／漫画家

福岡在住の漫画家であるうえやまとち氏（一九五四年生まれ）に話を聞かせていただいたのは、二〇一〇年の一月二七日。初出は「モーニング」（講談社）公式サイト上の連載「漫画技術論」である。

福岡という地方にいながら、週刊連載という漫画の檜舞台《ひのきぶたい》で描き続けるには、よほど、東京で描かれる主流の漫画とは違う持ち味で勝負をしなければならなかったんです。敵とバトルをしない、大きな事件を起こさない、という「ほのぼの」味で漫画を描いたのは、主流の漫画と違う、ここにしかないものを求め続けての結果でもあるのかもしれません。

うんと若い頃には、おもしろいものさえ描ければ売れなくたって構わないとも思っていたけど、そのうちに、そもそもおもしろい漫画を描き続ける時間を確保するためには、まずは売れて生活を安定させなければならないとわかりました。そのあたりからなんじゃないのかな、わかりやすく読んでもらうという大前提にも力を入れはじめたのは……。

個性って、本人にはなかなかわからないものです。僕も『クッキングパパ』（講談社）以前は、打ち合わせで過激だったりエッチだったりする絵も見せていたけれど、そういう設定案の裏側にチョッチョッと落書きしていた「子どもをおんぶして掃除機をかける自分」みたいな絵を編集者に見つけられて、「こっちじゃないですか？　家庭的なほうが似合うと思いますよ」と言われたんです。

『クッキングパパ　荒岩家クロニクル』99ページ

その絵のイメージから描いた『クッキングパパ』で連載をするというときになって、主人公をサラリーマンにしてほしいという注文があったけれど、長髪でヒゲの僕の顔のままではスーツが似合わなかったんですよ。それで、前に描いた漫画に出てきた「源さん」というちょっと短気な人の顔を元にして描いたら、料理をしそうなタイプには見えなくておもしろいし、「あ、これは喋らないヤツだな。だから職場にお調子者がいて、代わりに喋ってくれて……」と、サッと描いた絵がストーリーまで作ってくれましたね。

僕の持ち味は〝ほのぼの〟です。だから、太い線でスッと読める絵柄については、「あまり入れ込んで劇画調にならないように」と心がけています。スタッフにも、「読者の目

『クッキングボス　うえやまとち初期作品集』227ページ（1985年、『クッキングパパ』が連載になる前に読み切りとして「モーニング」に掲載された『クッキング・パパ』より。タイトルはほぼ同じだが、この時の主人公の顔は、うえやま氏の自画像のようなものだった）

『クッキングパパセレクション』109ページ

を『……ん？』と止めてしまうような背景はジャマなので、描き込まないほどいい、というぐらいでね」と伝えていまして。料理の絵をリアルに見せますからね、それ以外ではとにかくシンプルな絵に、という。

絵は描き込まないほどいいというのは、描き込みすぎるとリズムが悪くなる場合があるからです。『クッキングパパ』では、はじめに「博多――」という風景描写を入れますよね。「あれがあることによって、それぞれの人は故郷に帰れたような気になる」なんて鋭い指摘をしてくれた方もいましたが、僕自身としてはあれは、「さぁ、今から『クッキングパパ』の世界が始まりますよ」という入口を表しているつもりなんです。

で、漫画を読み始めると、人って頭を下げてシーンとなって入り込みますよね。僕はそこでハッと我に返らせて、その頭を上げさせたくはないんですよ。最後のコマまでサッと一息に読んでもらって、オチでニコッとしてもらいたくって。

だから、荒岩のアゴなんて、ほとんど正面の顔が描けないほどデフォルメしたものだけど、そういういかにも漫画らしい、ちょっとマヌケなところもある絵柄でラクに読んでもらおう、と思っているんです。そうやって開き直って、あるジャンルの中で「うわぁ、これ以上のものはないよな」と思わせるところまで徹底的にやるってのがいいんじゃないでしょうか？

他のジャンルでも、いくら陰惨で袋小路にはまり込むような絵柄であっても、僕はそれだけでダメだなとは思わないんです。重要なのは、その絵柄をどれだけ徹底しているのか、なんじゃないのかな。もしも陰惨さなり袋小路に入る感覚なりを突き詰めて、他にない漫画になっていれば、何だかむしろ妙な爽快ささえ感じて「すばらしいな」と好きになれますからね。

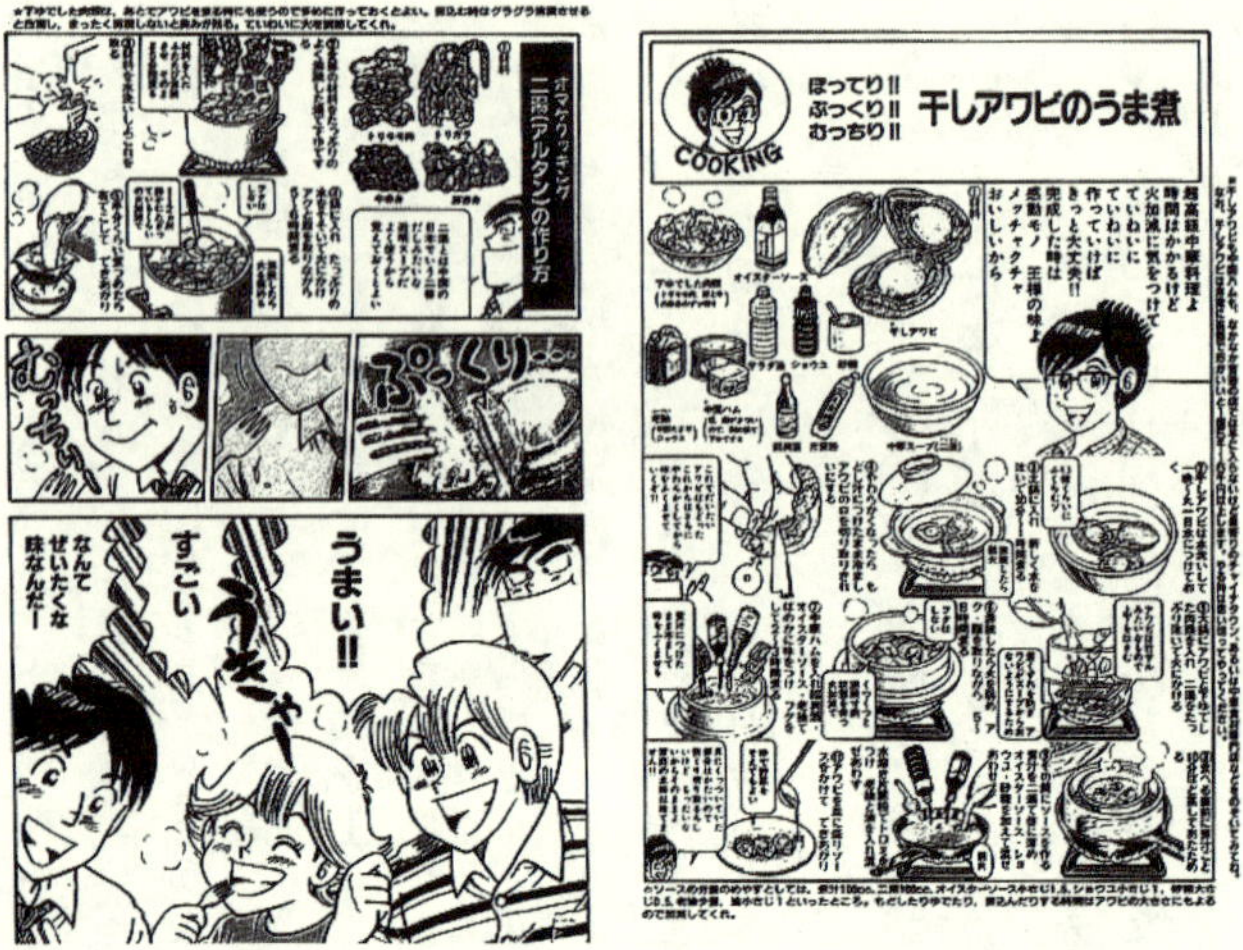

『クッキングパパ』64巻126、127ページ

ほぼ毎回読み切りというストーリーですが、料理を先に作ってからストーリーを考えています。週刊連載の中では、月曜に料理、火曜に話の案、水曜に下書き、木曜と金曜で清書、というスケジュールが理想ですけど、どうかすると水曜ぐらいまで、「干しアワビのうま煮」のときなんて、木曜まで料理をやっていてね。

「もう四日も料理をしちゃってるよ……。何でスルメの味しかしないんだろう？　やっぱり、シロウトが手を出すもんじゃなかったんだよなぁ」

なんてブツブツ言いながら仕上げてね。

おまけに、参考のためにマネージャーと高級中華料理店に出かけてプロの味を食べてみたら、お会計がふたりで九万二〇〇〇円で、それには腰を抜かしました。料理のネタに詰まると、ネットなんかで軽く下調べをしてアタリをつけて、ポンと遠くに取材に行っちゃいますよ。数日前も鹿児島に出かけていました。「前回に鹿児島まで出かけたときに食べられなかったアレは、もうお店でもあんまり出されていないのか。それなら、現地で聞き込みをしてみよう」なんて、連載一〇〇〇回を超えてあらかたのレシピを描き尽くしてしまってからのネタ探しというのは、ほとんど探偵みたいなときもあります。

連載前に決めていたのが、「敵と戦わない」「大きな事件は起こさない」という設定でした。この方向性については、その前に「ジャストコミック」（光文社）で連載していた『大字・字・ばさら駐在所』『大字・字・ばさら駐在所』（講談社）を描いていたときにすでに手応えを感じていました。『大字・字・ばさら駐在所』の連載が半年か一年続いて、事前に準備しておいた「これは描きたい」というネタをほぼ出しきった頃、さてここからどうしようかなというタイミングで、ふと「駐在さんが自転車教室を開く」という話を描いたんです。どうってことのない話なのに、「よし、これから描いていけるものはココにあるみたいだぞ」と深いところで感じられて、地味な話なのに読者もきちんとおもしろがってくれるとわかりました。

その延長線上で、『クッキングパパ』でも、主人公の荒岩は喋らず戦わず、得意の料理も絶対に出世の道具にはしない——こういう恰好よさをわかってくれるといいな、と描き始めたわけです。

編集者と当時よく話していたのは、マイナスを解決してゼロになって終わるのではなくて、はじめからあるプラスをもっとプラスにするストーリーにしたいよね、ということでした。みんなでバーベキューをしてみたら楽しかったなぁとか、もうそういう話でいいじゃないか、と思っていて。

ただ、そうは言っても初期の頃は、そういう何でもない話を作ることこそがけっこう大変で、「事件でも起こしたほうがよほど簡単に盛り上げられるのにな」とは思ったけれども、そこは「作り手の身勝手でキャラクターを不幸にしたくない」とグッとこらえて、たとえば「隣のおばあちゃんは元気かな?」みたいなきっかけからストーリーにしていきました。

すると回を重ねるにつれて、キャラクターたちが自分のほうから喋りだして、どんどん幸せになっていってくれましたね。いまはもう、しょっちゅう誰かが結婚するし、子どもを産むし、というのを見守っているような状態ですから。

僕にとって、ネームの構成を考えるときのポイントは、リズムです。だから構成案を作るときには、何回も何回も読み直しては、顔もセリフもコマ割りも、何もかもをよりシンプルに直していきます。ワク線も、わかりやすいように、ごくごく単純に引きます。あまり斜めにしたりはしません。

数ページぶんの構成案ができるたびに、コピーを取ってもらうんですよ。そうすると自分の案をすこし客観的に突き放して見られますので。それを何回も読んでは修正を入れて、それでまたコピーを取るという繰り返しで、だんだんと前に進んでいきます。これ、けっこう時間がかかるんです。

特に各回の連載で描く二〇ページのうちの五ページ目から七ページ目ぐらいまでは、このあたりで何かひとつでも「コレだ！」と思えるものが出てくるまでは、机のまわりをウロウロしながらほんとうに何回も何回も描き直しますね。もしも五ページ目から七ページ目あたりで「……あれ、こんなつもりはなかったんだけどなぁ？」なんて自分でも意外な展開が生まれて、僕自身もドキドキできるものになると、描いていても最高に楽しいですよ。

その最たるものが、田中というキャラクターの恋愛と結婚でした。「恋愛から結婚まで三十何巻もかかる漫画もなかなかないよ」とも言われたけど、作者自身にそのつもりがな

『クッキングパパセレクション』
221～223ページ

『クッキングパパ』19巻146、147ページ

かったのになぜか結婚しちゃったんですもんね。

途中では「まさか、ふたりをくっつけるつもりじゃないでしょうね……私は反対です！」なんて疑問をぶつけてくる読者の感想もあったけれど、回を追うごとに応援が増えてきて、ついに結ばれるシーンを描いたら、これまでにないほどたくさんの祝福の声が、こう、「ドサッ」という感じで届いてね。

ちなみに、田中って、いつも読者や僕の予想よりも半歩ぐらいアホなことをしでかしてくれるから、そういう言動を見つけてあげる作業はとても楽しいんですよ。そうやって「キャラクターに描かされている」みたいになった回のほうが、おもしろいだけではなくて読者の人気も出ているように思いますね。

料理やレシピを見せるとき、初期はレシピをストーリーの中で見せていたけど、「作ってみたらおいしかった」と読者の感想で言われるのがうれしくて、読者が実際に作りやすいように一ページにまとめることにしていきました。楽しさを出すために、はじめはよく「一気にブチ込め！」なんて説明も入れていたかな。

レシピはクドクドさせずに、しかも、たとえば手作りソーセージなら、みんなでグチャグチャになって泥遊びをしているような楽しさがレシピにも前面に反映されるように、とか、お米をいろいろな飲みもので炊いてみたなんて回のレシピでは、「やってみたらこうなりました」という実験のおもしろさを出してベストテンを選んだり、とか——意識するのはそういう、ワイワイ参加したくなるようなところです。

『クッキングパパ』の連載が始まったのは三〇歳の頃ですが、それまではとにかく漫画家になりたかったですね。漫画一本でやっていけたら、どんなに幸せなことだろうか、と。

小さい頃から漫画は好きでしたけど、中学一年生で石森章太郎（のち石ノ森章太郎）さんの『マンガ家入門』を読んでからは、将来のイメージといったら漫画家になることしか思い浮かばなくなってしまったんです。だから、大人になって公務員になっても、東京のデ

『クッキングボス　うえやまとち初期作品集』88、89ページ。
うえやま氏25歳の時の全国誌デビュー作『であい』

ザイン会社に就職しても、「このままでは漫画を描く時間が充分に取れない……」なんて思って、いつも長続きしなかったな。

福岡に帰ってフリーになっても、仕事はけっこうありました。「子どもが生まれたから稼がなきゃ」なんて、頭を下げて新聞社をまわるとイラストを発注してもらえましたから。でもそのうちに、そういうフリーのイラストレーターとしての仕事さえも漫画を描く時間の邪魔に思えてしまって、結局はやめちゃってね……。

たまたま、イラストの仕事をやめることにした翌日に少年誌での週刊連載が決まったのはラッキーだったけれども、その連載は失敗して半年で終わっちゃって……。そこからは、映画ひとつ観にいくのも大変というよう

『クッキングパパセレクション』400、401ページ

な田舎で暮らしていたので「こんなところで漫画を描けるのかな」とは思いましたけれども、むしろ「ここから都会にないものを発信してやれ」なんて考えて、養豚の回には養豚場を直に取材したり「養豚の友」なんて雑誌まで参照しながら、毎月約二〇ページの『大字・字・ばさら駐在所』を時間をかけて描いていました。

ほかに仕事もなくて食うや食わずの貧乏だったけれど、僕自身はわりと能天気で、カミさんもそれは苦しかっただろうけれど、「定職に就いたら」なんてひとことも言わずにいてくれたっけ。ありがたかった。時間だけはあったから、子どもとはずいぶん遊びました。今から思えば、あの時にたっぷり遊んでおいてよかったな。

……と、そんなふうに逃げて逃げてようやくプロの漫画家になったものだから、それからは漫画をやるしかないんですよね。僕には漫画しかない。今もそうだけど、もう逃げられるところはないんです。

連載が一〇年以上続いて五〇〇〇回を超えたときには、いったん「これ以上続ける意味はあるのかな」なんて思ったこともありました。けれど、よく考えたら、いろいろいただいた新連載企画はいずれも、たとえば「育児漫画」であったりと、すでにある『クッキングパパ』の枠の中でも展開できるテーマばかりだったんです。それならラベルを変えず、「料理をするパパ」という縛りだけは外さずに、その中でいろんな種類の漫画を描けばいいだろう、と開き直りましたね。

いちばん苦しかったのは、七〇〇〇回から八〇〇〇回ぐらいまでの時期です。僕の疲れもいろいろな意味でたまってしまっていたし、読者からははっきりと「マンネリ。つまらない」というハガキも来たりして……。でも、ひとつ、ふたつと、熱い話が描けたことをきっかけにして、だんだんと「やっぱりやり続けよう」と立ち直っていったのかな。

週刊連載というのは、漫画家にとっては最高の檜舞台でしょう？　きっと、いやでも

「もうそろそろ――」と言われる時期も来るだろうから、それまではこの、読者の反響をいちばん敏感に届けてくれる週刊漫画雑誌での仕事を続けていきたいな、と思っているんです。

「明日につながる今日を、見つけたかった」

平野啓一郎／小説家

小説家の平野啓一郎氏（一九七五年生まれ）には、最近二〇年間の時代の変化とそれに対応する物語についての取材と新刊インタビューで、二〇〇九年の五月七日と七月一三日に話を聞かせていただいた。初出は「小説トリッパー」（朝日新聞出版）二〇〇九年夏季号と、「モーニング」（講談社）公式サイト上の「モーニング・ゲストルーム第一回」（二〇〇九年七月更新）である。

二〇年前の一九八九年と言うと一四歳だったんですけど、前年には第二次世界大戦でビルマ（現・ミャンマー）に行って帰ってきた祖父が亡くなっているんです。マスメディアの情報ではない、肉親の声で戦争について話を聞いたのは祖父からでしたので、祖父の死と翌八九年の昭和天皇の崩御とはセットみたいに記憶しています。昭和が終わったな、と。ただ、当時は別に政治に敏感でもなかったですし、世代的にも昭和のいちばん平和だった最後の十数年を子供として生きただけですから、批評的に受けとめていたわけではなかったんです。

バブルの時代については小学生や中学生ですから何の実感もなかったですね。八歳離れた姉は大学生でしたけど、地元の大学でしたから別にバブルがどうこうっていうふうにも見えませんでしたし、あの時代を振り返る時には、当時、東京にいたのか地方にいたのかで感じる熱はかなりちがうと思います。地方にいて、バブルの熱気みたいなものにピンと来ていなかった人はけっこう多いんじゃないでしょうか。僕は親も公務員ですし、バブルについては大人になってから、その時代のツケだけをリアルに感じたというのが正直なところです。

就職超氷河期でしたから、就活しているともだちも暗かったですし、掲載のアテもなく小説を書いていた僕も暗かったかな。直接には何の恩恵も受けていない、バブルの煽《あお》りをモロに受けた世代だなという感じでした。その頃にとにかくどこでもいいからと就職したともだちで、三〇歳になる直前ぐらいに会社を辞めた人は僕のまわりでも多かったです。

フリーター、ニート、ひきこもりと、社会で安定した居場所を得られなかった人が多かったのも僕の世代です。あとは自分探しですね。僕自身も、たまたま小説が評価されてよかったけど、そうじゃなかったらどこの企業で働きたかったかというのは、切羽詰まっていた割に、正直ぜんぜん思いつきませんでした。あんまり歓迎されないまま社会に出ることになってしまった辛さは、同世代の間にも歪《ひず》みを残したと思います。

以前、タクシーに乗ったら唐突に運転手のおじさんに話しかけられて、「お兄さんたちの世代が就職できないのは、結局、上の世代の雇用が守られているからでしょ」って言うんですよ。「で、その上に詰まっている世代がリタイヤした時に、お兄さんたちが頑張って年金の面倒を見てやんなきゃいけないってなったら、そりゃ嫌だよねぇ」と。

突然だったので妙に印象に残っていますが、フランスでも、無期限雇用条約（CDI）のために同じようなことが起きています。雇用者が解雇をするための条件を大幅に緩和した初期雇用契約（CPE）を導入しようとした時には、フランス中で大反対のデモが起きて導入はつぶされてしまいましたよね。もちろん、過度の実力主義を行き渡らせて、誰でも簡単に解雇できるというような考え方は世相をそうとう荒らしたと思いますけど。極端だったんですよ。

さっきの話に戻すと、団塊世代のリタイヤと団塊ジュニアを中心とした三〇代の雇用の不安定さは、二重の失業問題として社会をサンドイッチ状に圧迫していると思われているでしょう？　この世代の親子関係の話には、正規、非正規雇用を問わず、悲惨な状況がいくらでもありますよ。そういう歪《いびつ》な人口構成になっているのは第二次世界大戦での動員の後遺症なんですから、一時期よく言われたみたいに「自己責任だ」なんて非難されたら、それは怒りますよ。不況だって、今の三〇代が招いたことじゃないですから。

ただ、かつて、団塊の世代についての講演会で、「そもそも世代を代表する言葉があって、一世代全員がそれで表現されるということなどありえない」と話しましたが、それは作家としての僕の実感なんです。ウェブ2・0以降、誰でも手軽に自分の考えていることを表現できるようになって、「世代の同一性」という神話は解体されたと思います。「われらの時代」の声を代表するというのは不可能でしょう。

僕が自分の世代について語る時も、結局は僕の目にはそう見えているということに過ぎません。それに「同感だ」と言ってくれる人はいますが、ちがうという意見があるのも当然でしょう。経済危機という避け難い条件をさまざまなかたちで共有しているというのは事実だとして、それが世代の連帯感や共感に単純につながるかどうかはまた別の問題です。

今の不況を新しい何かをはじめるチャンスと感じて、むしろ充実感を覚えている人、会社は気に入らないけど正社員として淡々と働いている人、前は工場で派遣社員として働いていたけど解雇されてしまった人など、その他もろもろ、立場によって感じていることや考えていることはぜんぜんちがいます。危機意識に関しては、何か共感の兆しを含んでいることは思いますけど。

また、非正規労働の問題が二〇〇八年から大きく取りあげられてきましたけど、ともだちを見ると企業の正社員で毎朝八時から午前一時過ぎまで働いているなんて例はいくつもあって、そのことは「仕事があるだけいいじゃないか」と放置されている。精神的に参っている人も多いですし、この世代を語るのに非正規雇用の問題だけを特別視するのもまたまちがいだと思うんです。それこそ、正規雇用でも薄給で、借金しながらどうにか親の面倒まで見てるなんて人もザラにいますし。

中学校に入学する頃に、NIESと言われる韓国や、東南アジアの工業製品、具体的にはカセットテープレコーダーなどが北九州に数多く入ってきていました。それほどクオリティが高くなかったので、ビジネスとしてはあまりうまくいかなかったと思いますけど、中学生の僕は「あぁ、もうこういうたぐいの第二次産業の担い手は、日本ではなくてほかのアジア諸国なんだ」と漠然と感じていました。

地元の新日鐵の溶鉱炉も確実に数が減っていきましたし、「日本が近代化していった挙げ句に、北九州のような工業都市はもう役割を終えてしまったんだ」というのが、思いこみも含めた当時の意識でした。さびれた町に自分は生きているんだというような鬱屈が強かったんですね。ネットもありませんでしたし、本やCDといった情報メディアに個々で接続するしかなかった。今でこそ、エコだとかさまざまな文化的な取り組みによって新たに生まれ変わろうとしていますが、当時はこの土地にずっといるのは嫌だと感じていました。のちのちになって、酒鬼薔薇《さかきばら》事件をはじめとする少年事件が起きた時には、地方に埋没している少年が抱く存在の希薄さについては理解できる気がしました。もちろん、犯罪という表現方法はまちがっていますけど。

中学生の頃には、北九州の地域コミュニティについては希薄に感じられていました。炭鉱や工場の関係でいろいろな地域から工場労働者として流入した人たちが集まってできていった土地でしょう。しかも、北九州市という単位は五市合併で生まれたからやっぱり広過ぎだと思いますし、ひとつのまとまりとしては茫洋《ぼうよう》としていて、ミクロで見ると雑然としているんですね。個人を下支えするコミュニティの力が弱いぶん、テレビや小説、音楽などに共感を求めざるを得なかった。そういう地方都市は、当時からあちこちにあったと思いますね。それはそのままネットの需要につながったと思っています。

僕は、東西冷戦を自分の問題として経験した世代ではありません。ですから、一九八九年のベルリンの壁の崩壊には驚いたけれどもあんまりピンと来ていなくて、むしろ、九一年の湾岸戦争のほうがテレビで見ていて印象に残っています。

冷戦が終わった後に湾岸戦争というワンクッションがあって一九九〇年代に入っていっ

たというのは大きかったと思うんです。あれが、九〇年代のアメリカを中心としたグローバリズムによる連帯のイメージを確定したんじゃないでしょうか。外に「敵」を見つけることで共同体の同一性が確認できるという、僕が『日蝕』（新潮文庫）でのちに取り扱った図式です。

冷戦の後に、世界はドル高を牽引役として、とにかくアメリカにお金を集めながら急速に一体化していきました。ダウ平均は一〇年間で三〇〇〇ドルから三倍強の一万ドルになりました。ＩＴバブルのあとにも、途上国でものを作ればインフレが起きないのをいいことに、米連邦準備制度理事会（ＦＲＢ）も超低金利政策でジャブジャブお金を垂れ流し続けました。イデオロギーによる対立の後、「他者」というものに対する考察は、一九九〇年代にとくに鈍くなったと思います。

二〇〇〇年を過ぎたら、〇一年の九・一一や〇三年のウェブ2・0などに象徴されるように、距離的に圧倒的に遠い他者、あるいは圧倒的に多様な他者という存在が目に見えるようになりました。それらは一九九〇年代にもすでに準備されていたはずでしたが、よく見えていなかったんだと思います。九五年のオウム真理教による地下鉄サリン事件や九七年の酒鬼薔薇事件みたいなものがかなり衝撃的に出てきた割に、その意味は「他者」の問題としてはきちんと考察されていなかった。つまり、よくわからないものとして放置されていたわけです。

大学生の頃に僕の世代にストレートに伝わってきたメッセージも「スーパーフラット」や「終わりなき日常」など、いかにこの、のぺっと平面のようになった世界で生きるのかといった話でした。当時、酒鬼薔薇事件で神戸の少年がなぜか共感を集めてしまったのも、彼がそうした議論には収まらないような他者性を先鋭的に出現させたように見えたからでしょう。

僕は『日蝕』で、崩壊寸前のコミュニティは、外部に「敵」を見つけることで価値観の共有なしに共同性を延命させる、しかもその敵が「悪」であるなら、処罰感情にはエクスタシーが宿るんだと書きました。このことも一九九〇年代の日本に生きて感じていたリアリティがもとになっているわけですし、これはそのまま、九・一一の後にブッシュ政権が言った「悪の枢軸」という発想にまでつながっていきます。『日蝕』にあった神秘主義的なヴィジョンは、九〇年代的な抑圧からとにかく抜け出したいという心情のひとつのあらわれ方と見てもいいと思います。当時はほとんどそのようには理解されませんでしたけれど。

のちのち、二〇〇〇年を過ぎた頃に実感されるような問題が、ジワジワとあの時代から準備されていました。文学に関して言うと、そもそも同世代にはいくつもの価値観が乱立していうはずなのに、戦後は、第三の新人、内向の世代、ポストモダン、果てはＪ文学と、無理矢理、世代的な同一性で括られるようになっていました。

明治の文壇が耽美派や自然主義など、いろいろな流派を同じように許容していたのは、活動拠点が文芸誌だったからというのはもちろん、もともとは藩といった中央集権化以前の社会の記憶を持った人たちがいたからではないかと思うのですが、第二次世界大戦の総動員体験後はそうではなかった。さきほど言ったようなあまりに単線的な「世代交代」という認識が、一九九〇年代の途中まではかなり強くあったのだと思います。しかも読者の間で新しいか古いかが考えられるのではなく、あくまで頭でっかちに。今さら何でこんな小説を書くんだという批判が「どうして今、こんな小説が出てくるんだろう」という丁寧な考察もなく乱暴にまかり通っていました。

そういう教条主義的な批評が後退してから、二〇〇〇年以降、日本文学はのびのびと元気になったと思います。今はまた、ちがった意味で状況は厳しくなりつつありますが。

学生時代、僕の出身校の京都大学にもオウム真理教の信者はいましたが、僕自身としては、一〇代の頃から麻原彰晃が『朝まで生テレビ！』に出ていたのを観たり、彼の「空中浮遊」の写真を雑誌か何かで目にしたりしていましたから、もともと印象には残っていました。一九八〇年代の賑わいのあとの九〇年代というのと、六〇年代と七〇年代との関係とどこまで重ねて見られるのかわかりませんが、梶原一騎が七〇年代に制作した『地上最強のカラテ』というプロパガンダビデオを観た時に、もちろん空手は反社会的なものではないわけですけど、映像の作り方には共通点を感じました。あとで知ったのですが、実際、麻原彰晃は極真会館に入門していた時期があるそうです。

梶原が強調しているテーマは「超人追求」。氷柱五段割のデモンストレーションがあったり、走行中の自動車をジャンプして飛び越えたりするのですが、そうした超人間的な能力を獲得するためには、きわめて過酷な修行をしなければならないと言うのです。でもそれは魅力的に見えるんですね。従来の社会のヒエラルキーに参加できなかったアウトローも、それに匹敵する、あるいはそれ以上に価値のあるオルタナティヴなヒエラルキーを昇っていくことで、自分の存在価値を確信できる。実際に、道場の師範になって、地域の支部長になってと、その世界の中で他者からの承認が得られるシステムが用意されている。これは、空手に限らず、茶道や華道などでも基本的には同じで、社会が維持するべきコミュニティの多様化における具体例なのだろうと思うんです。

ただ、空手の場合、氷柱五段割は練習すればできるようになるけれど、オウム真理教の中で言われていたような「空中浮遊」は、どれだけ修行しても不可能だった。そうなると、組織の内部に溜まった不満は教祖に向かうわけで、そうした内部の批判を逸らしていくためにも、麻原彰晃は教団の外側、つまりは社会を敵として対置して、そのことで一教団の内部における共同性を維持しようとしたんだと思います。

小説家になってから、上の世代と精力的に対話をしていますが、これは近代文学という共通の関心事があったから可能だったのでしょう。

僕は三島由紀夫を通して文学に目覚めたけれども、三島由紀夫という共通の話題を通じて横尾忠則さんや瀬戸内寂聴さんをはじめとする上の世代の方々とすんなり対話ができたので、そういう意味では、デビューの後にも三島の恩恵を蒙《こうむ》っていると、ある時から思っていました。

三島だけではなく、森鷗外でも泉鏡花でも、近代文学という会話の糸口がなければ、これほど対話の相手に恵まれることはなかったでしょう。

今は、教養と言われるものを共通の話題にしなければならない必然性を誰も感じていませんし、興味もないことを勉強する必要はないですが、「ネットに興味がある」「アニメに興味がある」などとそれぞれに関心の対象が細分化されていった果てに、共通の話題としてはネットやマスコミで流通しているその時々の情報だけになってしまっているというのもちょっとさびしいですね。僕は古くさいと言われるほど、いわゆる「文学」が好きで作家になった人間で、そのおかげでいろいろな人と対話できたわけですが、小説自体もさらにジャンルが膨大多岐にわたっていく中で、逆に下の世代とは「○○の小説は読みました？」「いえ、読んでないです。□□は好きですけど」というような会話になってしまうかもしれません。対話は、話題さえ共通であれば、その時はわからなくてもあとから考えてなるほどと思えることも多いはずなんですが。

具体的にということではないのですが、僕はどうも問題をきれいに整理しようとし過ぎるなと感じたことはあります。大江健三郎さんや古井由吉さんといった方たちとの対談で直に聞いた話をあとで振り返ると、きれいに整理しきれないものを、丁寧に掬《すく》って語っていくプロセスがあるんですね。それが小説の言葉ともまたちがった、小説家の言葉なんだなとつくづく感じたりしました。『決壊』（新潮文庫）は、最初から問題をきれいに整理せずに、そうした言葉の「迫力」をうまく出せたらと考えながら書いていたところもあるんです。

三島由紀夫が三〇代のはじめに書いた『金閣寺』と、自分が三〇代の前半で書いた『決壊』を比べて考えると……『金閣寺』において、三島は金閣寺というものを燃やすことで終戦までの自分を支配していた価値観から訣別して、三年後の『鏡子の家』でニヒリズムに取り組んでいる。その後、揺り戻しがあって、最期には「天皇陛下万歳！」と言って死ぬ。それに対して僕は、肯定的でも、否定的でもありますが、ただその前に、とにかく戦後の社会といかにコミュニケートすべきかと苦心していた三島の試みは評価されるべきだと思います。三島の文学的トポスは形而上学的なものと言うか、体験の記憶によって構成されていたものでしたけれど、いちどは彼も、それを『金閣寺』で解体しようとしたんですね。それには興味がありました。

そもそもタイトルが『決壊』ですから、今、自分が生きている世界のシステムはうまく機能していないのではないかという疑問が根底にあったんです。これは、『日蝕』を書こうと思いたった頃からの「生きづらさ」にもつながっています。

『決壊』でそうした作品を書いたからには、やはり、自分でこの作品の落とし前をつけなければいけないと考えたんです。それで書いたのが『ドーン』（講談社）ですね。僕はこの作品の中で、対人関係ごとに分化する人格を肯定的に「ディヴィジュアル（ディヴ）」（分人）と表現して、「インディヴィジュアル」（個人）に対置して描いたんですけど、それは自分なりに、今の時代を生きていくために必要な、プラグマティックな考え方を切実に思い詰めたからなんです。その意味で僕はこの概念を、ハンディで使い勝手のいいシンプルなデザインにしたかったんですよ。深淵にして複雑な思想は、取り扱いがむずかしいでしょう？

『決壊』を書いてみてつくづく感じたのは、悪というのは、文学的に「深い」ものなのかという疑問です。文学は、悪を深いものであるかのように神秘的に書いてきましたけど、悪はつきつめれば、いくつかの具体的な問題の集合に過ぎない、追究すればするほど甲斐のないものになってしまうのではないかというのが今の僕の印象です。

むしろそこに「深み」を求めてはいけないのではないか。三島は、大義がなければ人間は生きていけない、と戦後に何回も発言していますし、それが天皇に回帰する理由になっている。そういう意味では、今はもちろん、大義なんてありません。せめて何か信じられるものはあるだろうかという時に、大きな矢印に導かれて生きるのではなく、その時々に四方八方に広がっている可能性の中から何を選択して生きていけばいいのかというのは、非常に切実な問題だと思います。あれもこれもすべて、あれかこれか、というように。

今のような不況の時期には問題が顕在化してくるから何をするべきかはある意味では見えやすいですけど、景気がいい時ほどこうした問題に向き合うのはむずかしいですよね。三島の場合は高度経済成長期に、みんなが「うまくいっている」と感じていた中でニヒリズムに陥っていたのだから、むずかしかっただろうなと思います。

今、文学は、とにかくリーダビリティを求められる時代になってきています。これは、ファッションがかつてはオーセンティックな「クチュール」と活気のある「ストリート」との二項対立の緊張関係で仕事がなされてきたのに、今は、リアルクローズやファストファッションと言われるようなミもフタもない「着やすさ」という第三項をつきつけられているのと似ている状況だと思います。節約されるものは、ファッションの場合はお金、文学の場合はむしろ時間ですが。

文学も、かつてはいわゆる文学史とストリートとの緊張関係の中で小説が書かれていましたけど、今、方言を生かした凝った文章を書いても、それに反応するのは多くて五〇〇人ぐらいで、悲観的に言えば、大半の読者は、マニエリスティックで「読みにくい」文章だと言って、数ページで放り出してしまうんじゃないでしょうか。それはブログなどを読んでいるとはっきりしてます。これもまた、一九九〇年代には見えない読者の声でした。そういう状況に対しては、いいとも悪いとも言いようがないですね。ただ、現実として踏まえるべきことだと思います。その上でどう振る舞うのか。

モードは、リアルクローズに思い切り振れたせいで、かえってそのアイデンティティを失いかけました。「着やすいフツーの服なら、H&Mで一〇分の一の値段で買えるよ」というふうに。文学も同様で、「ファスト文学」にはない「読み応え」が期待されているのは確かですが、コアとなる部分にどういうアクセスポイントを開設するかというデザインをこれから考えていかざるを得ないでしょう。

小説には層があると思います。『決壊』なら、数万人単位に読まれるのはミステリーの部分。丁寧に読んでくれる読者なら、さらに社会的な問題など掘り下げていってくれますが、それはやはり数千人ぐらいだと思いますね。それでも、取っつきやすい層があればこそ、とにかくそこまで読んでくれる。富士山だって五合目までバスで行けるからこそ、あんなにたくさんの人が登れるわけで、そうでなければごく一部の登山家にしか、とてもじゃないですが登れないでしょう。一九九〇年代には、そういう層をどんなふうにひとつの小説に巧みに積み重ねるかといった議論がきちんとなされていませんでした。

アクセスしやすい層が表面に設けてあると通俗的だとか、説話論的還元主義に簡単に屈してしまうとか、そういう批評の対象になっていました。コアな部分についての議論はもちろん重要ですが、小説はとにかく読まれないことには何にもなりません。「日本語を解体する、変える」なんて言ってみても、一億二〇〇〇万人のうちの〇・〇〇四パーセントである五〇〇〇人にしか読まれないなら、ネットで日々、膨大にやりとりされている日本語の変化の規模とは比べものになりません。

文学以外の世界の人たちからは、どんなに清く美しくても、大河の傍らの小川のせせらぎのようにしか見えないでしょう。もちろん、部数が少ない作品の貴重さを貶《おとし》めているわけではないし、僕自身も、そういう仕事を集中的にする必要を感じて現に取り組んできましたが、ただ、「影響力」ということを本気で考えるなら、小説のデザインを緻密に考えざるを得ない時代になってきていると思います。

　エンターテインメントの興奮は、小説でも映画でも割とはっきりしていて、はじめに伏線があって終わりにそれが遺漏なく回収されていくということですね。伏線が明示的に回収されなければカタルシスを得られない読者は増えていると思います。前半に書いてあったことが、曰く言いがたく後半に効いてくる、みたいな作品のほうが僕は好きですけど、現実的には『決壊』のそういう部分はほとんど理解されませんでした。

　たとえば、主人公がイラク情勢について語る場面は、小説の全体で起こっている状況を色濃く反映していますが、そうは読まれませんでしたね。三島について語っている場面もそうです。とにかく、「知りたい」という人間の欲望は非常に強いもので、それが今は伏線と回収という形式を踏まえることを求めているとは言えるのかもしれません。ただ、あんまり読者の求めていることばかりに気を取られていても結果的にはつまらないものになるでしょうから、とにかく書きたいものを書いて、推敲の段階で多少説明を増やすとか、構造的な問題を精査するとか、そういう方法になるのだと思いますが。

　結局は、作家自身が数千人に向けるつもりなのか、あるいは数万人か数十万人かで、書き方も編集のやり方もかなり変わってくるんだと思います。一〇〇〇人単位の読者に向けて書いていくすばらしい小説もありますし、これは自分の探究としてやるべきだという仕事が、どうにか維持されるような環境が文学の世界に残っていけばいいなとは思います。非常に厳しい状況になってきていますので。その作品に影響された作家から、二次的、三次的に広がって読者に伝わっていくということも当然にあります。その意味では、編集者は最初に、何人くらいに読まれる作品を書きたいのか、作家に直接聞いてみるというのも、ひとつの考え方かもしれません。

作家が五万人に売りたいと言うならそういう編集方針になりますし、五〇〇〇人と言うなら、それもまたそれなりのやり方があるでしょう。作品の核を残しつつ、より多くの読者に向けて開かれたアクセスポイントを開設しなければ、放っといて五万人に読んでもらえるというのは、今後ますますむずかしくなると思います。今、余暇の時間はネットやケータイ、ゲームなどに猛然と吸収されていて、読書時間はどんどん減っていきつつあります。

しかも、過去の作品はデータ化や新訳などで現代小説を量的に圧迫し続けている。どんなにすばらしい作品でも、数千人にしか読まれなければ、数年後に「なかったこと」にされてしまうという危機感を僕は持っています。しかも、ウェブ2・0以降の状況では、作品と読者を仲介するのは評論でもコラムでもなくて「読者」なんです。読者が人に推薦しにくいと感じるような小説は、とりわけ厳しくなるでしょうね。

ただ、こんなことを考えるようになったのは割と最近ですよね。二〇代の頃の作品では、あまりそういうことは考えていませんでした。もちろん、多くの人に読まれたいとは思っていましたけど、具体的な話ではありませんでした。『決壊』を書く時にはテーマがやはり「殺人」でしたし、単に文学好きなだけではなくて、もっと社会の多くの人に読んでもらいたいという気持ちが強かったです。その辺から、売れる、売れないと言うより、どうやれば「伝わるか」というのを以前よりも緻密に考えるようになりました。

以前に、プロダクト・デザイナーの深澤直人さんが、会話の中で、多くの人にとってアクセスできるデザインというのを、バウハウス以降の機能主義のデザイン史を参照しながら、非常にロジカルに説得力のある言葉で説明してくれたことがあって、それに比べると、資本主義の弊害を口にしながら漫然と文学作品が売れなくなったことを嘆いている自分の業界は世の中から取り残されているんじゃないかと感じたことがあります。文学が「マイノリティ」であることを自認するのなら、もっと必死に「伝える」努力をすべきですよ。その意味で、レジス・ドブレの『メディオロジー宣言』（NTT出版）には影響を受けました。

小説家は「したいこと」「できること」「すべきこと」という三位一体のバランスが絶妙に取れた時に傑作が書けると思うんですけど、これまでの経験で言えば、書きはじめた頃は「したいこと」と「できること」で精一杯でした。「したいこと」と「できること」は自分の中で完結する話ですけど「すべきこと」というのは、読者とのコミュニケーションの中でしか考えられない。僕も含めて、作家になるような人は、もともと社会と相容《あいい》れないものがあって小説を書いているわけですから、それをそのままぶつけて、社会が大歓迎するはずもないんですよ。

だから、どんなに通俗的に書いても通俗になりきれるはずがないんだから、むしろ、作品に通俗性を加味することを怖れなくていいと思うんですね。それでほんとうに通俗的になってしまう書き手であれば、そもそも大したテーマを持っていないのだから、健康に社会で生きていけばいいのだと思います。僕はそうやって工夫をしたぶん、反響が「伝わった」という手応えがある時には純粋な喜びを感じているんです。業界全体でも、読者に伝える経路をどのように準備するのか、危機感を持って泥臭く考えていく時期だと思いますね。作者、作品、編集、営業、書店、読者と続くラインがブツ切りになっているせいで、きれいに伝わらないという問題は、多くの人が気づいているはずなんです。

『決壊』の結末は賛否両論でしたが、ただ、実際はどちらでも読めるように書いてあるんですね。希望をつなぎとめて読むこともできるんですが、ほとんどの人がネガティヴなほうに解釈しました。それはそれで、作品についても今の社会についても考えるべきことだと改めて感じました。それから、作品のサイズは考えるべきでしょうね。『決壊』を長いと感じるかどうかは、これまた読者によってかなり幅がありましたが、個人的にはナラティヴを強くすることによる情報圧縮の可能性をちょっと考えたいとは思っています。

マイルス・デイヴィスはいつでも大好きですけど、今の話に絡めて言うなら、彼も一九六〇年代半ばからロックが爆発的な人気を博すことになって、レコードがさっぱり売れなくなったという苦境を経験しています。ロックはジャズに比べて演奏しやすいから観客も自分で演奏するようになって、そうなれば観客とミュージジャンの一体感も強くなって、ライブでもよりインタラクティヴに楽しまれる。その時のジャズの状況は、ウェブ2・0を経た後に小説が経験していることに似ている気がします。

マイルスが偉かったのは、彼としてやりたいことを壊さないまま、より多くの人にアプローチできる方法を徹底して考えたことです。文学も、伝統芸能みたいな感じで、ごく限られた人たちが読むという未来もあるのかもしれませんし、自分もそういう種類の小説を読んだり書いたりしたい時もありますけど、ただ、文学が芸術であるからには、時代と何らかのかたちで結びつき得るものを書いていくべきだと基本的には思っています。

二〇〇八年に『決壊』を発表して痛感したのは、どんなに必然があっても、読後感がネガティヴな作品は、ウェブやブログなど読者がさらに他の人に推薦するサーキットには載せられにくいということでした。今の社会についての問題が克明に描いてあれば、数千人や数万人には正当に評価されますが、結末に希望がなければさらに多くの読者にはなかなか届かないと感じたんです。そこで二〇〇九年に発表した『ドーン』では、『決壊』で突き詰めた社会の矛盾や問題に、具体的にどのような希望を見つけられるのかを追究していきました。

小説や音楽や映画や漫画といったジャンルの作品は、サイエンスの論文や現代美術の作品のように「一部の専門家に評価されていれば成立する」というものとはちがっています。薄利多売の表現だから、個人の探究をポンと投げただけでは通じない。たとえばマイルス・デイヴィスのアウトテイク音源を聴いても「アイデアはすごいけど、このままでは名盤にはならなかっただろうな」とプロデューサーであるテオ・マセロの偉大さを感じさせられるんです。マイケル・ジャクソンにさえクインシー・ジョーンズとのコンビネーションが必要だったように、個人でできることにはおのずと限界があるような気がします。小説も、そんなふうに「他人の視点」を導入しながらでなければ、とくに『ドーン』のように未知の世界を舞台にしたものは、たくさんの人たちにはおもしろがってもらえないのではないかと思いました。

そのような「他人の視点」に対する意識は『決壊』の頃から個人的には持っていたので

すが、ちょうどその頃、漫画編集者や映画製作者の方々から「内容はこれまで同様に深め、同時にさらに大勢の読者に伝わる作品をやりませんか」とアプローチを受けていたんです。

それで『ドーン』は、漫画編集出身の編集者にも相談しながら書きました。僕はだいたい、「CIA」が出てくるような話とかって、文学に馴染《なじ》まない感じがしてたんですけど、『ドーン』ではアメリカ大統領選も含めて、これまでの僕の小説にはなかった要素をかなり大胆にいろいろと取り入れました。

顔認証の精度がどんどん向上していく近未来において「顔認証検索」がネットで大規模になされるようになった時、果たして監視社会や管理社会はどうなるのか、そういう未来予測も組みこみました。

今は誰もが「今の時代に問題があるのはわかった。ではどうすればいいのか。従来の価値は崩壊したけれど、では何のために生きればいいのか」という問いに晒されています。そこに対応した小説を、近未来の側から書いたわけです。

重大なミスを犯してしまったあとの人生をどう過ごしていくのかという問題も書いています。

近年は、テレビで謝罪会見を何十回も観させられていますよね。そこで頭を下げたら、もうあとの人生がないかのように処理される。そのことに対して抵抗があったんです。マゾヒスティックに自分の傷を晒して、ボロボロになることで社会に許してもらう。人が人のミスを受容するのは、そんな構図からだけではないでしょう?

ミスをした側には責務もあるけど、人生が滅茶苦茶になるまでの謝罪はしなくてもいいのではないか。その辺りを丁寧に考えるというのが今回の小説全体におけるテーマでもありました。

また、そうした過去のことについては、そもそも『決壊』を書きながら感じていたことがあったんです。自分について考えた時に、通俗的なトラウマ説に囚《とら》われて、「親がああだった」「環境がこうだった」と過去と現在の因果関係のみに自分を閉じこめて、未来の可能性を奪われてしまっている人が多いのではないか。そうした過去に対する理解のやり方は、日本の社会全体を覆っているように思います。

でも、そうやって過去にがんじがらめに縛られているのは、小説で言ったらまだ全体の三分の一の時点で「もうおしまいだ」と絶望感に浸っているようなものです。小説の後半側から見れば、つまり現在を未来から見れば、目詰まりを起こしているかに見える状況も動き出すのではないか。そう考えたことも、今回の小説の舞台を近未来に設定した理由のひとつなんです。ミスをして嫌になる。何のために生きているのかわからなくなる。でも、もしも今日と明日がつながっていれば、「今日は死ねない」となるはずですから。『ドーン』では、その「生きたい」と思える今日を探したんです。人とのつながりや、偶然見かけた光景といった、合理性だけではない恩寵のようなものと交わらなければ人間の回復はないのではないか。そこも含めて丁寧に描くことに集中しました。

「物語の風呂敷は、畳む過程がいちばんつまらない」
伊坂幸太郎／小説家

小説家の伊坂幸太郎氏（一九七一年生まれ）には、二〇〇八年の九月一八日と二〇一〇年の八月三一日に取材をさせていただいた。初出は「小説現代」（講談社）二〇〇八年一一月号と「文藝別冊　伊坂幸太郎」（河出書房新社）である。

——今回は伊坂さんに、最近の作品を中心に、文章に即した「小説の技術」を伺いたいと思います。

伊坂　なるほど、僕は、キャラクターや伏線のことはよく質問されるのですが、文章的な技術のことは聞かれないので、新鮮です。

——まず、『ＳＯＳの猿』（中央公論新社）からお聞きします。

音が聞こえてきた。甲高く、単調ながらも、私の体の芯を震わせる救急車のサイレンだ。ピーポーピーポーという言葉を繰り返し、少しずつその音を高く、大きくしながら背後から近づいてくる。私は足を止め、振り返り、対向車線側の車道をやってくる救急車の姿を眺めた。救急処置を必要としている人間を乗せに行くのか、それとも乗せた人間を病院へと運ぶところなのかは分からない。ただ、どこかで誰かが、痛い痛い、と泣いている。苦しい苦しい、とどこかを押さえている。その苦痛の涙が救急車のサイレンによって撒き散らされて、私にぶつかってくる。いや、撒き散らすというほど大雑把で野蛮なものではない。もっとひっそりとこちらの身体に歌を聞かせるかのように沁みてくるものかもしれないが、とにかく私の胸はぎゅうと搾られる。周囲を見れば、ずっと続く車道やその周囲の町並みが目に入る。そのあちらこちらで誰かが、痛い痛い、と泣いているのかもしれない。そう思うと、私の頭の中で、SOSの音が激しく鳴りはじめる。トトトツーツーツートトトが大きく、響く。自分の立っている場所が傾くかのような感覚に襲われる。視界が歪み、サイレンとSOS信号が血管を通じ、脳に充満していくようだ。胸がつかまれるようで、くるおしい。私たちの船を救って、と誰かが叫んでいる。

僕にいったい何ができるのだろうか、沈んでいく船をどうしてやれるというのだろう、そう思うと、無力感に押し潰され、その場で膝を突きそうになった。(『SOSの猿』より)

この文章の切なさは、とても伊坂さんらしいと思います。どのようなことを考えながら描写をしたのでしょうか。

伊坂　こういう部分はやっぱり、プランがあって書きはじめるものでもないので説明は難しいのですが、ただ、こういう場面でやりたいのは、「いちいち描写をすること」なのかな、と思います。

基本的に文学的な作品とエンターテインメント小説の差って、描写の有無のような気もしますし、僕はエンターテインメント小説を書いているので、描写は重要視していないように思われがちなんですが、気になるんです。

ここの部分って、もっとシンプルに「救急車の音が聞こえてきた」と書くだけでも物語としては成立しますよね。でも、僕としてはその様子や、主人公の感覚を書きたかった。

どれぐらいの密度の描写をするのか、についての方針はその時々ですから、かならずしも一定ではありません。基本的に僕は、描写が少なくて、会話が多い作風のような気がするんですが、でも、ここではそのような「いちいちきちんと描写をしておきたい」という気持ちが前に出ているように思います。

今のところの最新作である『マリアビートル』(角川書店)でも、東北新幹線の中で殺し屋たちが戦っているシーンなんて、ほんとにいろいろと描写をしたかったんですよね。

まず、顔を伏せる。すると頭上を檸檬の拳が飛ぶのが分かった。一歩間違えれば、そのフックが頭にぶつかっていた。

すぐに七尾は顔を上げる。檸檬の右手をつかんだ。それを思い切り、捻《ひね》り上げる。檸檬を背後から押さえる。他の乗客にばれないように、と最小限の動きにしたかった。ここで大騒ぎになることは避けたい。警察沙汰《ざた》やニュースになったら、峰岸に自分たちの失敗が気づかれるのも早くなる。今はまだ時間が必要だった。

幸いなのは、檸檬側も、目立つことを避けたがっていることだった。必要最小な動きしか見せない。

檸檬がぶるぶると痙攣《けいれん》するように、右手を震わせた。つかんでいた七尾の手が外れてしまう。

少しの隙が命取りになる、とは分かっていた。ただ、どうしても周囲が気になり、視線をやる。乗客の大半が眠るか、携帯電話や雑誌に目をやっていた。が、車両後方で、座席に立ち上がっていた幼児が、こちらをじっと見て、興味深そうにしているのが分かった。まずい。檸檬の胸に肘《ひじ》をぶつける。ダメージを与えるものではなく、バランスを崩させるためのものだった。相手が避けたタイミングで、七尾は身体を滑らせ、先程まで自分が座っていた窓際の座席に腰を下ろした。立ったままでは、遅かれ早かれ、注目を集める。

檸檬も座席に腰を下ろしてきた。真ん中の席を挟んで、二人は手を振るった。倒れ気味の前の座席の背もたれが邪魔だったが、どうすることもできない。座ったまま、誰かと戦うことなど、はじめての経験だった。

上半身を揺すり、手を繰り出す。相手の拳は、後ろに反り返ってかわすか、もしくは腕で受ける。相手も似たようなものだった。檸檬が、七尾の脇腹を狙い、下から抉《えぐ》るように、鋭いパンチを放ってきた。そのタイミングを狙い、肘置きを使った。収納されている肘置きを、左手で勢い良く、倒した。檸檬の右腕がそれにぶつかり、ごん、と鈍い音を出す。舌打ちが檸檬から聞こえる。よし、と思ったのも束の間、いつの間にか檸檬は左手に刃物をつかんでいた。小型ではあるが、鋭い光を発するそれは、鋭く宙を横切った。七尾は前の背もたれに入っている、冊子を引っ張り出した。その冊子を両手で広げ、刃物を受け止める。ナイフが、紙を、印刷されている田園風景の写真を突き刺した。すぐにその紙で、刃物を巻き取るようにしたが、それより前に相手はナイフを引き抜いている。（『マリアビートル』より）

このあたりの描写なんて、実際には、新幹線の車内で周囲にバレないように肉弾戦をおこなうことはほぼ無理でしょうけれども、だからこそ、格闘が起きているような実感を味わってもらいたくて、いろいろ書くんですよね。

しかも、ニヤニヤしながら読めるようなシーンにしたかったんです。「殴る」とか「刺す」とかいう動作を描写するにしても、どのようにやっているのか、そこはいちいち書きたくて。どういうふうに右の拳を出しているのか。その時に左の腕はどう構えているのか。

——描写のために資料を参考にすることはありますか。

伊坂　最近のことで言うなら、映画の『スーパーマン』のDVDを観ながら、小説の中のある描写を書いてみました。コマ送りにしたり、止めたりしながら、クラーク・ケントが、ヘリコプターの事故を目撃して、公衆電話ボックスを探し、スーパーマンになるとかいう変身のシーンを、いちいち文章だけで描写をしてみたんです。で、気に入ったから、作品に組み入れて。

そんなふうなことをやるのは好きなんですよね。いや、好き、と言うか、やらなくちゃダメだろうな、という気持ちがあって。サッカーの映像を参照しながら、メッシが敵を抜いていく動作を、やっぱりいちいち文章で書き起こしてみたり。そういう「動きのデッサン作業」のようなものって、文章修業とかとはまた違うんでしょうが、発見があるので、やりたくなります。

それで描写ができあがったら、夜のうちにプリントアウトしといて、翌朝に読み直す。パソコンでは、エディタを開いて横書きで文章を書いているから、縦書きで読むのはプリントアウトした時がはじめてなんですね。その翌朝に縦書きで読む時の新鮮な気分って、僕はとても好きなんです。

けっこう苦労して書いた自分の文章を改めて読んでいる時間が、もしかしたら仕事でいちばん楽しい瞬間なのかもしれない。で、よしよし観たイメージが小説になってるぞ、と思えると、すごくうれしいんですよ。

ある場面を文章に起こしていくのって、面倒ではあるんです。実際には複雑に同時進行している動きを整理して、順序をつけてわかりやすく配置し直さなければならないですからね。

でも、そういうことをやらないと、どうしても、それまで書いていたのと同じクセで書いてみたり、すでに世間で流通している決まり文句としての描写をマネしちゃうんですよね、僕の場合。

もちろん、新しい挑戦はしてみたけれど、結果的には完成原稿からはカットした、なんて描写は相当あるんです。

先日も、満員電車の中の人の動きを、映像も参考にしながらえんえんと描写したんですけど、ゲラチェックの段階で編集者と相談して、「やっぱり、この部分はいらないから、ぜんぶなくしましょうかね」ということにして。

それでも、「描写をしておいてからカットする」のと、「はじめから何も書かないでおく」のとでは、完成原稿としては同じでも、何となく、僕の中では違っていて。実際に書いてみる。読み直す。それで捨てるかどうかを決断する。僕としては、そういう作業を繰り返さなければ、何か「仕事をやったぞ」という気にならないんです。

ただ、長文の描写って、読者にとっては退屈なんです。風景描写などは、小説でも映画でも物語の流れを停滞させるムダな部分にも見えがちですし。

たぶん、「読者が読みやすいかどうか」だけで考えるならば、おそらく描写は少ないほうがいいんです。描写はカットして、まるで会話の部分だけをつなげるみたいにして書く。そのほうが、「この小説って楽しい」とか、「読みやすくて夢中になった」とか言われる割合が増えるのだろうな、とは経験的に実感してはいるんです。僕もそういうタイプの作品をいくつも発表してきています。

でも、だからと言って、描写をしないわけにはいかないなぁ、とも思いますし、自己満足に過ぎないかもしれませんが、難しいですね。

――なぜ、描写をしないわけにはいかないのですか。

伊坂　描写をしなきゃ、言葉がなくなっちゃうから。

『ゴールデンスランバー』（新潮文庫）には、次のような描写があります。

青柳雅春《あおやぎまさはる》の顔を思い出す。そして、樽が頭に浮かんだ。横倒しになり、壁一面に積まれた樽だ。その樽には、小さな栓があり、突起状のそれを引き抜くと、中からワインが流れ出る。まさにその時の樋口晴子も、平野晶の言葉をきっかけに、頭の中の樽の栓が抜かれ、そこから、青柳雅春と過ごした時間の記憶がどっと溢れ出るような感覚に襲われた。樋口晴子は、慌てて栓を探し、ワイン塗《まみ》れならぬ思い出塗れとなった手で、樽に挿し込む。ぴたりと記憶が止まるが、すでに零れ出していた記憶の断片は、いくつかの切り取られた場面として、ひらひらと頭の中を舞っている。現像された写真のようだ。揺れ、落ち、時折、翻《ひるがえ》る。大学入学時、はじめて会った時の幼さが残る青柳雅春がそこには映り、また、別れ話を切り出した際のきょとんとした青柳雅春がいた。(『ゴールデンスランバー』より)

この場面では、要するに学生時代を思い出しているんです。で、実際、「思い出す」という言葉も使っているのですけど、この小説って、そのままでは「思い出す」「頭をよぎった」という言葉だらけになってしまうんですよね。

だから、その言葉を使う場面で、それなりに工夫をしないとダメかな、という気がしていて。工夫をしないと、「思い出す」とかそういう言葉を使えなくなっちゃうような気がしちゃうんです。

——最近の伊坂さんの小説の中には、改行をあまりしない描写も増えました。哲学っぽい問題提起が詰め込まれることもあります。

伊坂　哲学的なこととかはほとんどわからないので、だいたいが「解答はわからないけどどうしたらいいんだろうね」と、そういう気持ちが出ちゃうような気がします。

野蛮な事件が起きると、マスコミは躍起になって原因を探そうとする。凶悪事件が起きれば、その犯人の生い立ち、人間関係、趣味、事件前の奇行を洗い出す。常軌を逸したしつこさで調査をする。よく考えれば、その動機やきっかけをいくら追究したところで、事件はすでに起きてしまったのだから、取り返しがつかないことには変わりない。「犯罪者の心の闇」という言葉も滑稽だ。「闇」とはあくまでも隠喩なのだろうが、それにしても、「闇を探る」という言葉には、暗い鍾乳洞に潜っていくような好奇心があるだけにも感じられる。火事場に来た野次馬たちが、「好奇心で来ました」と自覚せず、「こうやって、眺めていることに社会的意義があるのです」と正当化するようなみっともなさを伴っている。（『SOSの猿』より）

ここも特に、何かを訴えたいとか、人間ってこうでしょ、とか言いたいわけではなくて、何となく自分のもやもやとした気持ちを書きたくなったんだと思うんです。ただ、こういう話って、ストーリーを展開させるという意味では「なくてもぜんぜん構わない」という部分でしょう？　やっぱり大半の読者にとっては、むしろどうでもいい箇所と思われるのだろうな、とは自分でもわかっていて。

推敲の段階では、ストーリーの展開にとってムダかもしれないと思われる文章は、基本的にはなるべく削りたいとも考えてはいるんです。ただ、それでも、「正直なところ、なくてもいい」と知りながらも、ついつい残してしまう部分がある。そんな、「なくてもいいんだけど、でもやっぱり、ここはなければダメなんだよな」みたいなところこそが小説のおもしろさなんじゃないのかな、と感じているんですね。だって、そもそも小説って、なくてもいいものですよね。ウソが書いてあるだけのものなんですから。

——伊坂さんにとっては、小説の中にあちこち詰め込むユーモアも、そういう「なくてもいいけれども必要な部分」なのかもしれないですね。

伊坂　意味はないけどニヤニヤできるところって、いいですよね。

「それ、四年も前に作ったシステムですよ。わたしがもっと若くて、前の前の彼氏と付き合ってた頃です。覚えてるわけないじゃないですか」

「前の前の彼氏のことを覚えていないんですか」

女性プログラマーは、五十嵐真をまじまじと見る。奇妙な生物を観察する目だ。

「あのさ、イガグリさん、それ冗談なの?」

「私は冗談が言えません」別の人間の口から出たのならばその台詞は、それ自体が冗談ともなりうるのだろうが、五十嵐真に関して言えば、間違いなくこれは事実を述べたものだ。五十嵐真という人間は、冗談の言い方も分からず、誰かを笑わせた経験は、失笑や冷笑を除けば、皆無だった。「あと、イガグリじゃなくて、五十嵐です」

女性プログラマーは溜め息をつく。「覚えてないですよ。さっきも言ったけど、四年前ですよ。あなた、四年前の今日の朝食を思い出せますか?」

「食パンにハム、レタス、ゆで卵、もしくは、ゆで卵のかわりに目玉焼きです」五十嵐真は即座に答える。離婚してからこの方、五十嵐真の朝食はその繰り返しだったからだ。

あんぐりと口を開けた女性プログラマーはまたもや、背後からサソリの尾を飛び出させた。ゆらゆらとその尾を揺らした。「夕食も言えちゃったりしないですよね」

「手帳を見てもいいですか、見れば、四年前の夕食も書いてあります」五十嵐真が鞄《かばん》を探りはじめるので、女性プログラマーはさらに驚く。(『SOSの猿』より)

ここは、五十嵐くんの仕事は嫌われる、ということがわかる記述であれば何でもいいはずなんだけど、ちょっとニヤッとしておきたいじゃないですか。ドストエフスキーの小説にしても、なくてもいいようなくだらない話がいちいちたくさんあって、意味はないんだけどクスクスできたりニヤニヤできたりするじゃないですか。この登場人物は何でこんなに興奮しているんだ、みたいに。

そういうおかしみって、僕は、小説の中でもいちばん好きな部分なんです。

漫才師さんであるとか、芸人さんの追求するお笑いであれば、きっと、もっと爆笑するようなネタにならないとダメなのかもしれないですけど、小説の得意とするものは、それとは違って、もっと小さな、ニヤニヤ、クスクスするおかしみのような気がします。

僕は、できればそんなおかしみを、しかも、横道に逸れるムダな道草としてではなくて、物語を前に進めるためにも絡めていきたいな、と考えています。

ただ、いつもナーバスになるんですが、ユーモアのために書いたつもりの会話って、「気取っている会話」と紙一重なんですよね。どうすれば、気取りにならないのか、というのは僕自身、勘でしかないのですが、かなり気になります。

同じような意味で、過去の小説や伝記や映画などからの引用も、これもどうも「知識のひけらかし」に思われる危険性があって、ニヤニヤしてもらいたいのに誤解されがちで、いつも書く時には少し神経質になります。

――『ＳＯＳの猿』では、証券会社で株の誤発注が起きるという現実的な話に、非現実的な登場人物が紛れ込んできます。

伊坂　そうですね。孫悟空が出てきたりもする。

牛魔王部長は歯軋《はぎし》りをし、呼吸を荒らげる。ひづめで机を叩きはじめる。角といい、ひづめといい、それだけ聞いていると本物の牛のようではないか、とおまえたちは呆れるだろう。そう、それでいいのだ。物語は、語り手が喋ればそれが真実となる。鬼がいるといえば、鬼がいるのだし、証券会社の総務部部長が牛魔王だというのならば、部長は牛魔王に他ならない。思い思いの牛魔王を思い描くがいい。（『ＳＯＳの猿』より）

この牛魔王の場面については、ずっと前からこういうことをやってみたかったんですよ。

小説って、著者が、「いる」と言いさえすれば、どんな奇妙なものだってそこにいることになるわけじゃないですか。だから、牛魔王だってこうして存在しているんだよ、と、そのまんまですけど書いてみたかったんです。

小説って、ほんとはそんなにカチッとした決まりがあるわけでもないのに、放っておいたら、何だかみんな、同じような方向で訓練や研鑽《けんさん》を積んでその技芸を競うみたいにもなりがちな気がしているんですよね。そういう狭い世界での番付を競うみたいなものとは違う、もっと自由な物語の可能性に興味があって。

そう考えるようになったのには、実はきっかけがあるんです。

『オーデュボンの祈り』（新潮文庫）で新潮ミステリー倶楽部賞をいただいてデビューした頃、その賞の授賞式の二次会で、選考委員だった奥泉光さんと隣り合わせになってお話をする機会がありました。

当時、奥泉さんは『鳥類学者のファンタジア』（集英社文庫）という作品を連載していらしたので、その話題にもなったんです。

「小説の中で主人公がチャーリー・パーカーにまで会っちゃうんですか。すごいですね」

僕がそう言うと、

「そりゃあそうだよ。何でもできるんだからね、小説は。書けば、そうなるんだから」

奥泉さんはとても嬉しそうに、おっしゃったんですよね。

小説についての、「書いちゃえば何でもできちゃうんだからさ、余裕なんだよ」みたいな奥泉さんのスタンスって、僕にはかなりショックでした。小説ってほんとは何でもできるんだよな、と感動的に思えて。

それは「映画でやるならすごい予算がかかるようなことでも、小説にならば書けちゃうんだ」みたいなスケールの話でもなくて、数億年前のことや数億年後のことでさえも、「五億年前」とか書いた瞬間に小説の中では現実になってしまう、というような根本的な話だったんです。

大袈裟じゃなくて、魔術師みたいに見えたんですよ。酔っ払ってましたけど。奥泉さんのその「何でもできるんだ」は、ずっと、頭の中に残っていました。

五十嵐真は山手線の車内で、吊り革をつかんでいた。ちらほらと座席は空いていて、一人であれば座ることはできたが、立ったままだ。隣に、猿の化身、孫行者がいた。仮装大会にでも出るかのような派手な赤と茶色の服装、毛むくじゃらの姿に、猿そのものの顔面は異様だった。年季の入った、汚れたブーツを履いてもいる。(『SOSの猿』より)

だから、こうやって孫悟空が山手線に乗っちゃっているシーンだって、僕としては「余裕なんだ。書きさえすれば物語の中では現実になるんだから」と思いながら書いていましたね。

ずっとやりたかった現実と非現実の混ざった描写を納得できるかたちでやれたという意

味では、僕には、間違いなくひとつの転機になった作品なんですよ。

——『SOSの猿』では、場面展開においても、普通はこういう描写になるだろうなという定石を外してあります。


会議室を出たところで、五十嵐真の動作は止まる。人形のように固まる。それを誰かが、巨大な誰かがつまんで、持ち上げる。出たサイコロの目に従うかのように、五十嵐真をこつんこつんと進ませる。すごろくの駒を移動するように、資産管理課の部屋の前まで動かした。すると時間が再度、動き出し、五十嵐真の筋肉は伸縮をはじめ、呼吸は戻り、血液が流れ出す。すごろくの駒から人物へと戻る。

五十嵐真はドアをノックする。（『SOSの猿』より）

こういう描写って、頭の中で動きを再現させる時に新鮮ですね。
伊坂　ここって、書いた時は、自分では「会心の出来かもしれない」と思っていたんです。けど、ふと気がつくと、すでにテレビのコマーシャルで同じようなことをやられていて。かなり、ショックでしたね。「あ、おれは天才かも」なんて思っていたら、天才は他にいたという、まぁありがちな展開ですけれども。ただ、今言ってくださったように、普通はこういう描写になるよね、という部分をいちいち工夫することも、とてもやりたいことなんです。

何でも描写をしたいし何でも工夫をしたいよね、という気持ちは持っていますけれども、だからと言って、自分の能力や技術的な問題も付き纏《まと》うし、冒険的になることで読者がついていけなくなったらどうしよう、と不安にもなります。

そのあたりの「どこまでやるべきなのか」「やりすぎないようにするラインはどこなのか」の線引きを探っていくことは、けっこう重要な作業なんじゃないのかなとは思っています。

『マリアビートル』にしても、大人にしてみれば、そもそも、「何だよ、殺し屋の話か？」と、漫画じゃん、で終わっちゃう話だと思うんです。

でも、もしも、殺し屋なんていう非現実的な職業の人たちについての話を、五十歳ぐらいの、社会経験もしっかりある大人たちが本気で夢中になれるのだとしたら、それはそれでかなり素敵なことじゃないですか。そうやって大人に楽しんでもらえるための工夫をしたいなぁ、と思っています。

僕の小説には、カカシとか死神とか超能力者とか、非現実的な存在もずいぶんたくさん出てきます。それでも、どこかで大人の読者にとって「これはウソなんだけど、リアリティはあるよな」と読み進められるようなバランスを見つけようとは心がけているんです。

小説って、相当ファンタジー色の強い展開にしてみても、若い人だとか、年配でも漫画やゲームを好きな人は、そういった部分での免疫や知識があるので、もしも冒頭に「女の子が羽根を生やして空から降ってきた」とあったとしても、「なるほどそういうことね」と受け入れてくれるような気もするんです。

ただ、僕自身としては、日常的にファンタジー的な作品にもあんまり触れないで、かなり現実的に毎日を過ごしている人たちにも、自然に読んでもらいたい。だから、どんな人でもある程度はウソの世界を楽しめるための「リアリティの作り方」を気にしてしまいます。

『マリアビートル』で言うなら、業者と呼ばれる殺し屋たちが仕事を受注する形式は、どこか社会での普通の仕事のやり取りと重なる部分があるような気がしますし、こんなふうに責任の押し付け合いが起きがちなんだよね、みたいな、自分もサラリーマンの時に感じていた思いは、入れたくなってしまうんですよね。

フィクションの中で、まったくのウソ、つまり非現実的な作りごとを楽しんでもらうためには、その物語の外堀や環境をリアルなものにしておくべきだと思うんです。

『ゴールデンスランバー』の主人公は宅配ドライバーであるだとか、『SOSの猿』の主人公はエアコンの販売員であるだとか、あれも、こだわりなんです。物語の中で非現実的なものに巻き込まれていく人は、できれば地に足のついた職業に従事しているみたいにしたいんです。

僕みたいな仕事は、何か、働いている、という感じがしないので、なるべく出版業界の人を中心には置かないようにしよう、とかは決めています。まずは物語を生活に密着した要素で埋めておく。そういう小説の中の環境作り、ファンタジーのための外堀の現実味を固めておくことは、自分なりには大切にしているつもりなんですよね。

他にも、たとえば物語を書くほうとしては、『ゴールデンスランバー』の目次にある「第一部　事件のはじまり」「第二部　事件の視聴者」「第三部　事件から二十年後」「第四部　事件」「第五部　事件から三ヶ月後」という中では、ほんとうは事件そのものから書きたかったんですよ。だって、そのほうがおもしろいですし。

物語の外堀を固めるのって、僕は億劫でもあって。でも、やはり事件自体にすぐ飛びつくのではなくて、ノンフィクションライターの語りであるために資料を調べたり何なりで手間がかかった第三部の「事件から二十年後」という場面を設置する。そうすることで、そのあとからノンストップで続いていく物語を立体的にできるとも思ったんです。そうなると、やっぱり書かざるを得ないんですよね。

——デビュー前にサントリーミステリー大賞の佳作を受賞した「悪党たちが目にしみる」（未刊）を、今回の取材前にお借りして読ませていただきました。

この「悪党たちが目にしみる」を、のちのち同じような設定で書き直して生まれた「陽気なギャング」シリーズと比較して読んでみたら、文章の書き方にかなり変化を感じたんです。

たとえば、「悪党たちが目にしみる」の語りは視点がひとつに据え置かれているけれども、シリーズ第一作である『陽気なギャングが地球を回す』（祥伝社文庫）になると何人かのギャングによる視点が交互に出るというかたちになっていました。

すると、デビュー前までの据え置かれていた視点では物語が停滞しやすくなるような場面でも、四人の主人公のターンが順番に回っていくことで自然に場面や話題が転換していき、物語を進めるための推進力がついたように感じたんです。そのあたりは、どのように思われますか。

伊坂 『陽気なギャングが地球を回す』に関しては、当時、現実的にそのようにしなければ話が動かなかった、というところがありました。一人称にしたり、心理描写をゼロにしたりといろいろ試して、なかなかおもしろくならないな、と悩んだ末にああいうスタイルになったんです。

そういう「誰がどのように語るのか」については、最近もずっと考え続けているんです。小説のプロットは思いついても、語り方が思いつかず、進まないことが多いです。内容が同じだとしても語りや雰囲気を変えたらかなり違うものになるんじゃないか、とはいつも考えてしまいます。

『マリアビートル』でも、「槿《あさがお》」という名前の、道を走っているクルマの前に人を押して殺す「押し屋」を生業《なりわい》にしている殺し屋が出てくるところだけは、彼の視点で見た世界がどんなにわけのわからないものなのかを出してみたくて、あえてわかりにくい描写に書き直しました。

男、小柄、四十代、違う。女、違う。男、大柄、二十代、違う。女、違う。女、違う。男、大柄、四十代。左から通り過ぎた男をさらに目で追う。ストライプの入ったグレーの背広を着ている。髪は短く、肩幅が広い。槿は歩きはじめている。交差点に男は向かう。青信号を待つ、人々の列に紛れ込んだ。槿も足を進める。意識はあるものの、自ら舵《かじ》を切る感覚とは異なる。

車道側の信号が、青色から黄色へと変わる。男が横断歩道の手前で立ち止まる。右から来る通行車両を見る。黒のミニワゴン、運転手は髪の短い女性、後部にチャイルドシートだ、と分かる。タイミングが合わない。その次に見えたのは、偶然にも、同タイプのミニワゴンだ。信号が変わる。車が飛び込んでくる。槿は右手をふらりと動かし、男の背中に触れる。

衝撃音と、タイヤがつんのめるように、道路を引っ掻《か》く音が鳴る。悲鳴はすぐには出ない。人々の無言が、透明の、無音の爆発を起こすかのようだ。

槿はすでにその場を離れている。来た道を、やはり、流れに任せるが如く、するすると歩く。背後から、「救急車!」と叫ぶ声がしたが、槿の胸には、湖に沈んだ小石の波紋ほどの揺らぎもない。ずいぶん前にも、この交差点で仕事をしたことがあったな、とぼんやり思い出すだけだった。(『マリアビートル』より)

他のパートはごく普通の、テンポの速い文章で成り立っているので、ここは別の語り方にして、色を変えたいとは思いました。ただ、こういうこだわりが、読者にどこまで伝わるのか、ほんとうに効果があるのかどうか、よくわかりません。

それでも、ほとんど意地になって、語り方の調子を別にして、組み込んでみたくなるんです。

僕が今、自分の小説の中でいちばんおもしろがってもらいたいと感じているものは、そういう語り方の工夫なんですよね。

――「悪党たちが目にしみる」では、主要人物たちは四人全員が特殊能力を持っているわけではありませんでした。しかし、「陽気なギャング」シリーズは四人全員にそうした能力が備わっていますよね。

四人の書き分けについても、「陽気なギャング」シリーズになるとデビュー前の作品とは異なり、四人それぞれが「俺」「僕」「私」「わたし」と別々の一人称でセリフを言うような変化が加えられているので、どれが誰のセリフかも、すぐにわかるようになりました。

また、登場人物の口癖や特徴にしても、「悪党たちが目にしみる」と「ギャング」シリーズの大きな差は、初出時に普通と違う要素をパッと描写するようになったという変化があるのかな、と感じながら読んでいました。

「ああ、知ってます、この人」横から美由紀が、声を高くした。「有名ですよね。テレビで観《み》たこと、ありますよ」

「有名なの？」

「一流企業に勤めていたのに、競馬で儲《もう》けて、劇場をはじめたんですよ」

佐藤も忌々しそうに、うなずいた。「それで、『四の五の言わずに勝負しろ』っていうのが口癖なんだけど」

「ああ、それ、テレビでも言ってました。賭け事好きなんですって」

「その言葉を、ホームページに載せたいって言うんだよ。むしろ、その言葉をホームページのタイトルにしたい、とか言って」（『陽気なギャングの日常と襲撃』祥伝社文庫より）

こうして書いてあると、ここではじめて出てきた劇場のオーナーの人柄や、「四の五の言わずに勝負しろ」という重要な決めゼリフが、すぐに印象に残るようになっていると思ったんです。


伊坂　読者に不要なストレスは与えたくない、という気持ちは強いんですよね。もともと、読みやすい文章しか書けないんですが、そういう意味ではなくても、ちょっと奇妙なことや印象に残ることを組み込むことで、話の理解を助けたい、と言うか。

それは本をいくつも出すことで、バランスを考えてきた感じがあります。読んだ人からの反応を受けて、作者の僕がまたそれに反応して変化してきている面もあるのかもしれませんね。

でも、読者の反応を受けての変化って言っても、それは読者のために何かを変えるとか、維持するとか、そういうことではないんです。ただ、「わからない人にはわからないでもいいんだよ」と開き直ってしまったら、そこで確実に作品のクオリティは上がらなくなるような気がしますし、「どうやったらわかってもらえるんだろ。魂を売らずに！」みたいな思いが、作品のレベルを引き上げてくれるんじゃないか、とだんだん思うようになってきました。

だから、新しいことに挑戦しながらも読者におもしろいと言わせたい、というあたりのバランスが重要になるような気がしていて。言い過ぎてはいないか。言い足りないのではないか。そこはつねに距離感を考えちゃいますね。自意識があまり出ちゃいけないのかな、とか。俯瞰的《ふかんてき》過ぎてもいやだし、密着しすぎてもいやだし、という。深刻さとユーモアのバランスもそうですし。

あと、以前、ある書評家の方が、僕の作品には「親和性がある」と書いてくれていたことがあって、それもバランスと近いのかもしれません。何となく読んだ人がスッと入り込みやすい、というような。

断定的にものを言えないところも、バランスを取ってのことかもしれないな、とは思います。単に気が弱いってこともあるんですが。

そもそも僕は支配されることもいやだし、支配することもできないし、強い言い方への反感っていうのがたぶんあって、だから文章の中ににじみ出ているような気がします。とにかく、「ような気がする」みたいな文章が多くなりがちなんです。いや、ほんとに多いんです(笑)。このインタビューもそんな感じで申し訳ないんですが。

――語り方の工夫で、ご本人として印象的な場面をひとつ挙げていただけますか。

伊坂　『あるキング』(徳間書店)の主人公の王求《おうく》にとって、中学生時代の最後の試合になる場面、あれは友達の乃木くんの視点で語られるんですけど、負けちゃったあとの最後のあたりの描写は個人的に好きなんです。

肩が叩かれた。はっとし、振り返ると王求の後ろ姿があった。通り過ぎる際に、俺を叩いたのだろう。いつもと変わらず、何の感慨も疲労も、悔しさも浮かべずに、王求はバットを持ち、遠ざかっていく。すぐに追い、何か言いたかった。謝りたかった。そして、「気にするな」と言ってほしかった。

俺はその場に立ち尽くし、次々と溢《あふ》れてくる涙をみっともなく拭う。王求に叩かれた肩の部分が熱い。じりじりとする。いったい何の熱なのだ、と動揺する俺をよそに、その熱さは全身に広がる。そしてさらには、スパイクから地面を伝わり、泣いている部員たちやヒラメを覆い、球場全体に熱を伝えていく。目には見えない熱い風船が、音もなくふわふわと膨らみ、球場を包む。ベンチの裏のドアを開け、王求が姿を消すと、その途端にぱちんと風船が弾け、こ

れで中学生活は終わりだと俺は実感した。（『あるキング』より）

現実の光景としては無理なんだけど、何だか頭に浮かびそうなところが、好みなんですよね。

それから、王求の最後の打席に関しては、再校ゲラの段階だったからもうほんとうに最後の最後になってですけど、そこで根本的に描写を書き直しています。

ゆっくりと自分の筋肉に語りかけながら、立ち上がる。
スパイクの、つま先のあたりについた土が気になり、手で払う。
ぱらぱらと茶色の土が、砂時計が時間を刻むのを模すように、地面に落ちる。
身体を伸ばし、尻を手で叩く。
こぼれた土が一粒一粒、足元の土とまざりあう小さな音が聞こえる。
もう一度、尻を叩く。
少しずつ、ユニフォームの汚れが落ち、生地の色があらわになる。
ベルトの位置を直す。
背筋を伸ばす。

バットを回し、両手でグリップを握る。
息を吸う。
意識を沈め、皮膚や骨に耳を澄まし、自らの鼓動の響きを探る。
瞼を軽く閉じる。
夜がすっと顔を寄せ、暗闇が鼻息を自分に吹きかけてくるように感じる。
父親の顔を思い出す。母親の顔を思い出す。
目を開く。
生まれた時のことを思い出そうとする。
視線を上に移動する。
黒い空に目を凝らす。
血が流れている。
平気なふりをする。
数え切れないほど繰り返してきた、自分のスイングを思い返す。
指を、スタンドに向ける。
歓声が、音の塊となって、飛び掛ってくる。(『あるキング』より)

ここは、刊行直後に佐藤哲也さんから「超人の誕生を見るようでした」という感想をいただいて、ああ、そうだよな、超人なんだよな、とうれしく思ったりもしました。

最後の最後で、ここは、スローモーションの描写が必要だ、と気づいたんですよね。王求が立つ場面からはじまり、その動作のすべてを印象的に見せたいな、と。

こぼれた土の音が一粒一粒聞こえる、なんてことも含めてすべてを書いていけばスローモーションになる。そういう描写の方法については、すでに『グラスホッパー』（角川文庫）の時にやっていたから、それをやろうか、と。


寺原長男の右太腿《ふともも》に、バンパーの上部が衝突するのが、見えた。腿は、車の進行方向に向かって、内股《うちまた》に向かって、折れる。足が地面から浮き上がり、上半身が、右側を下にするように、ボンネット側へと掬《すく》い上げられた。ボンネットを越え、フロントガラスに身体が衝突する。顔面がワイパーと擦《こす》れた。

反動をつけた身体は、路上に投げ出される。車道に、左半身から転がり、左腕が捩《よじ》れた。路面に、何かが転がった。背広から弾《はじ》け飛んだ、ボタンだと分かる。散らばった丸型のボタンが弧を描き、回転する。（『グラスホッパー』より）

『グラスホッパー』で、こういった場面をいちいち細かく描写することで、スローモーションになるな、とやっていたんですよね。

なので、もともと地の文の改行の少ない『あるキング』という作品内で、この部分にだけ改行を多く入れた文章にすれば、もっと効果的なスローモーションになってくれるんじゃないのかな、と思ったんです。それで、こうして歌うような、詩を口ずさむような感じになったんですよね。

そう言えば、ここで個人的に重要だと思っているのは、「平気なふりをする」という文章なんです。「ふりをする」って、他のジャンルの表現ではなく、小説の中でこそ言えることなんじゃないのかな、と思うんです。

漫画や映画でこれをやろうとしたら、セリフで言ってみたり、「僕、平気なんだもん」みたいなポーズをつけたりして、不自然かな、と。

でも、小説の中でなら、そう書くだけでほとんどそのまま読者に伝わりますよね。しかも、この言い方って、言いようによってはグッと来るんじゃないか、と。その前に書いてある「思い出そうとする」についても、思い出せないんだけど、というのが切なくていいじゃないですか。自分で言うのも何ですけれど。

その描写のあと、次のページからの二ページはラストに入るんですよね。

その打球はセンター方向に、というよりもほぼ真上を狙うかのような角度で飛び、速度を落とすことなく、むしろ増すかのような迫力で、ぐんぐんと伸び上がった。夜の深さをさぐるように、どこまで上昇すれば空に触れることができるのか、まるで世界の寛容さを確かめるかのように、飛んでいった。

だから、だ。その本塁打が雨雲に満ちた夜空はおろか、ありとあらゆる不安を吹き飛ばしたために、君が出てくるこの場所は、おだやかでやわらいだ風に満ちている。もちろん、一時的なものに過ぎない。君の番だ。みんなが待っている。早く出てくればいい。（『あるキング』より）

この最後に打ったホームランが世界を救ったというのは肝心な部分で、この小説ってそういう寓話なんですよ。

ここに書いてある「ありとあらゆる不安を吹き飛ばした」というのは、これは比喩でも何でもなくて、ホームランによって実際にその瞬間は世界から不安が消えたんですよ、という話なんですよね。超人が、宇宙を変えちゃう、という。

このあたりは、それこそ奥泉さんがおっしゃっていたように「小説って何でもできるんだ」みたいなもので、ほんとうに世界がそうなりましたからね、とそういうつもりだったんですが、読者にはあまり伝わらなかったような、どうでも良かったような。最後の「早く出てくればいい」というセリフは、書いた時にはほとんど忘れていたけれど、今思うと、打海《うちうみ》文三さんの『ぼくが愛したゴウスト』（中公文庫）の影響があるのかもしれません。

僕はこの小説が好きで、文庫の解説にもどこが好きかを書いているんですけど、この作品の中に出てくる「怖がるな。さっさと出てこい」というセリフがとてもいいなぁと思っていて。ある少年が牢屋に入れられている時に言われます。何の変哲もないセリフなんですが、僕からすると、「世の中には不安なことばかりがあるけれども、まぁ、怖がっていないでさっさと出てこいよ」と打海さんに言われているような気がして、その感覚がこの最後に出ているのかもしれませんね。

もちろん、王求によって作られた平和というのはこの箇所にも書いてあるように、一時的なものに過ぎない。これで永遠に平和になりましたなんて綺麗事は、いくらこの作品が寓話でも、僕には書くことはできないんですよね。

僕自身は悲観的な人間で、あまり希望に満ちているわけではないので、どうしても、楽観的に世界を捉えた話は書けないんです。だから、ここで実現されているのは一瞬だけの平和ではある。それでも、「早く出ておいで」と誰かに言われたかったような気がします。

——文章のわかりやすさについては、どう考えておられますか。

伊坂　基本的には、わかりやすい文章しか書けないんですよ。ただ、プロットに対して、どういう書き方をしようか、というのは毎回、考えているんですよね。

たとえば、どれくらい親切に書くか、どれくらい不親切に書くか、といった選択からはじめないといけませんし。もう少し情報を出してわかりやすくするほうがいいのか、あんまりくどくど説明しないほうが笑えるのかな、とか。

あとはすごく表面的なことを言えば、どうやって登場人物を印象深くするのか、その名づけやエピソード作りもかなり気にします。読んでいる最中に、「あれ、こいつ、誰だったっけ？」みたいなことが起こるのは避けたいですから。

いくら独創的なトリックを書いても、わかりにくければ最後まで読まれないかもしれないし、たくさんの読者には衝撃を与えられないかもしれないですよね。

だから、まずはわかりやすさ、読みやすさみたいなところでかなり広範囲の読者を相手にできるようにしてみたい。と言うか、僕はそういう方向でしか小説を書けないタイプなんです。

わかりやすくなくていい、と決めて書いた『あるキング』でさえも、話の方向性をわかりやすくするための修正は何回も重ねました。

そう言えば、『あるキング』の冒頭って、数行の導入のあと、プロ野球球団の話題ではじまりますよね。

仙醍《せんだい》キングスは、地元仙醍市の製菓会社「服部製菓」が運営しているプロ野球球団だ。負けて当たり前、連勝すればよくやったと感心されるチームだった。優勝はもとより優勝争いですら目的ではないため、勝利へのこだわりは他球団のそれに比べれば微々たるものだ。（『あるキング』より）

ここは、はじめに雑誌に連載をしていた段階では、その二ページほどあとの部分、主人公が生まれる前の家庭の描写から入っていたんです。

食卓の椅子に腰を下ろし、臨月の、風船にも似た腹を抱えている妻を眺め、山田亮《りょう》は、もし、と思っていた。もし、テレビ中継がなかったら、妻は、臨月とはいえ、南雲慎平太《なぐもしんぺいた》監督の最後の試合を観るために球場へ出向いただろうな、と。（『あるキング』より）

後者からはじまると、何となく、山田亮を中心とした家族小説だと思われそうじゃないですか。僕は、スティーヴン・ミルハウザーの『エドウィン・マルハウス　あるアメリカ作家の生と死』（岸本佐知子訳、白水社）だとか、ジョン・アーヴィングの『ガープの世界』（筒井正明訳、新潮文庫）だとかいった異質な伝記物語をやりたかったので、それであれば、球団と地元の歴史の話からしたほうがいいかな、と思い直して。

あと、最初はかなり改行がなかったのですが、ゲラチェックの段階では読みやすくするためにたくさんの改行を加えてもあります。

高校野球における山田王求の公式戦記録を先に記す。九打席、四安打。そのうち、ホームランが三つ。フォアボールが五つ。打率十割。出場した公式試合数は二、それがすべてだ。（『あるキング』より）

高校生時代の描写については、最初に成績を出したんですよね。これも、連載時は最後に出していたものです。この打率十割、という設定に、「そんな馬鹿な」と白けちゃった人も多いみたいで、そういう意味では失敗したなぁ、という気持ちもあるんですが、でも、これはそういう物語でもないんですよね。超人のお話なんですから。「普通の野球の小説とは違う絵空事がこれから展開しますよ」という予告をしたつもりだったんです。

この作品でやりたかったのは、野球小説や青春小説とは違っていて、そのあたりを読者にわかってもらうために、マクベスの魔女やら怪獣やらを導入してみたのですが、ただ、それがどこまで機能したのか、というのは今でも考えてしまいます。

読者に読まれることとって、ほんとによくわからないものなんです。『ゴールデンスランバー』を書いたら、取材では「監視社会についてどう思われますか」とか、「今回は政治的でしたね」とか言われたのですけど、それにしても僕自身としては社会的、政治的なメッセージを込めたつもりではなかったものだから驚かされました。

あれについてはただ、「強大な敵」として機能させたかっただけなので。もしかすると、「国家」や「政治家」といった言葉が出てきた瞬間に、「政治的」と捉えられるのかもしれないな、と思ったりもしました。

当たり前ですが、読者って、一人ひとり求めているものが違いますよね。

一文一文を丹念に読んでくれるならば、もしかしたら『あるキング』のラストのスローモーションの描写も楽しんでくれるのかもしれない。でも、伏線や結末といった「先はどうなるのか」に興味の中心を置いている大多数の読者には、そこは関係ないのかもしれません。

そうそう、この間も僕は家族で仮面ライダーの映画を観に出かけたんですけど、同じものを観ていても、僕と妻の感想はかなり違いましたから。

「あのアクションシーン、かなり興奮したよね。クオリティが高かったよね」と言う僕に対して、妻は、「そうなの？　私、アクションがはじまると『早く次の場面にならないかなぁ』と思ってた」とかですからね。そういう、受け止め方の差っていうのは、もうつねにあるわけです。

だから、あらすじの興味深さと描写の味わいにしても、どちらも楽しめるようにするしかない。そのあたりはやっぱり、試行錯誤しながらやっていくしかないかなぁ、と思ったりしています。

でも、たとえば、僕なんかよりもよっぽど素晴らしい小説を書いている作家が、「理解できる層からはほんとうに細かい意図まで汲み取ってもらえるけれども、その外側の読者が増えていかない」なんて状況と戦っていたりするんですよ。そういう意味ではほんと、これはいつまでも、誰にでも付き纏う問題なんだろうな、と思います。

僕の場合はありがたいことに、たくさんの読者がいるように思うので、料理で言えばファストフードみたいなものなのかな、なんて思って少し悲観的にもなるのですけどね。ただ、まぁ、ファストフードも工夫は欠かさないし、もしかすると、見かけはファストフードでも栄養のあるものを提供することはできるかもしれない。何より、たくさんの読者に読んでもみくちゃにされるという状況は、全員が体験できることではないのだから、ありがたい場所で戦わせてもらっているのかもな、と自分に言い聞かせています。いや、苦しいことも多いんですけど。

ベストセラー作家と言われるようになると、かつて自分がそうであったように「ベストセラーなんて読みたくないな」と、じっくり本を読むタイプの読者が離れていくんじゃないのかなという恐怖も増してきました。

それで、いろいろ試行錯誤しながら自分の好きなものを目指したくなるわけですけれど、その変化の方向が僕自身の適性と合っているかどうかはほんとにわからないじゃないですか。

バンドなんかでも、リスナーにこう思われていることがいやだから、なんていうようにどんどん変わっていくけれど、冷静に見ていると、むしろ良くない方向に変化していくケースも多いですからね。同じように、作家性による変化も、読者にとって幸福であるかどうかはわからない。まあ、変わらざるを得ないところはあるんですが、難しいところだなとは思っています。

——伊坂さんにとって、物語というのはどういうものなのでしょうか。

伊坂　僕は、『ＳＯＳの猿』の中に次のようなやりとりを書きました。

「そうだよ、歌ってのはね、くだらないメッセージじゃなくて、もっと漠然とした隕石みたいなのをぶつけるものなんだ。だから、歌の意味とかメッセージを探ろうとする奴はね、だいたい失敗するよ。もやもやした隕石を言葉になんてできない」

「それ、五十嵐さんが今言った、普遍的なイメージというのと似てませんか」遠藤二郎は自分の言葉に自分で興奮している。「考えてみれば、音楽って、知らない言語で歌われたとしても、はじめて聴く楽器の音であっても、伝わるものはあるじゃないですか。意味は分からなくても、もっと漠然とした何かを共有できますよね。それと同じじゃないですかね。本能みたいな」

「つまり」雁子が、わたしに一瞥をくれる。「世界にはそういう、共通の音楽みたいなのがあって、それを無意識としてみんなが共有できるってことなのかね。で、その普遍的な、宇宙にある、星の音楽みたいなのを、眞人は感じ取って、で、孫悟空の話なんかをしちゃったってことかい」

星の音楽、という言葉は彼女の思い付きだろうが、雰囲気は正しいような気がした。古代ギリシアの人間も、現代の日本人も、「星の音楽」を聴き、そこからさまざまな解釈やイメージを作り出す。時にはその音楽は、未来の出来事を喚起させるかもしれない。（『ＳＯＳの猿』よ

り）

この本の帯にもある、「この物語が、誰かを救う」というのは、じつは作品の中の設定で必要なために書いているに過ぎず、僕がそう思っているというわけではないんですよ。ただ、この、「星の音楽」という箇所、「漠然とした隕石みたいなのをぶつける」というのは、割と僕自身の心境と近いものではあるんですね。

小説を出すと、新刊インタビューなどで、テーマとかメッセージについての質問を受けることが多いですよね。僕だけではなくて、あらゆる作家がそうだと思うんですが。でも、じつは僕は、あんまりテーマとかはなくて、ただ、だからと言って、「何もない」と言うつもりもなくて、いつももっとモヤモヤしたものを伝えたいと思っているんですよね。

少なくとも僕の場合には、特定のメッセージも持っていないし、その物語には教訓も、リアルな出来事もないのかもしれないけれども、何かしら伝わるものはあるだろうし、その「何か」をズバッとは言い切れないからこそ、そのつど小説のかたちにしてみている、とでも言うのかな。

――物語を意外な展開にすることに関しては、どうお考えでしょうか。

伊坂　よくあるフォーマットの裏から話を進める、というのは、実際にできたかどうかは別にして、デビューの頃からずっと考えているんです。作家の仕事をはじめる以前、もっと若い頃は、弟とよく「レールの上に乗っていないフィクションがいいよね」みたいな話をしていました。主人公がこう動いたら、法則のように次の展開はかならずこうなる、というような先の読めるものではないほうがいいね、と。

どうなるのかわからない、みたいな作品にこそワクワクしてきたという体験があるので、自分では単純に定型的な物語のレールの上には乗らないものを書きたい、とは意識してきました。

初期の頃、僕の小説の最初の読者は奥さんでしたが、妻とふたりで話していたのもそれですね。まず、「こういう場合に考えられるプロット」を挙げていって、それのどれでもない場所に着地させよう、ということをやりました。

で、奇をてらわないかたちで、しかも驚きのある展開で、となると、どうしても物語の関節を途中でガクッと脱臼させる、みたいな方向に行っちゃうんですよね。脱臼感が好きなんです。

——伊坂さんにとって、物語を作るうえでのおもな転機は何でしたか。

伊坂　まず、デビュー作の『オーデュボンの祈り』を商品として作る作業が最初のステップだったと思います。それまで、素人としてひとりで書いてきた作業とはまったく違いますし、編集者からのアドバイスで、いろんなことに気づかされました。もちろん、会社を退社して執筆に集中して『重力ピエロ』（新潮文庫）を書けた時も、転機だったと思います。

それ以外の転機らしいものと言えば、『ゴールデンスランバー』を書く前の時期なんじゃないですかね。

その直前には、新聞連載で、『オー！ファーザー』（新潮社）という作品を書いたのですけど、「あ、こういう方向で続けていても、もうこれ以上は意味がないかもしれない」と、直感ではあるけれども深いところで思ったんですね。

それまでの僕は、小説家として「縮小再生産はやらない」というのを自分なりのルールにしていました。実際、そのようにやってきたつもりなんです。ただ、書き終えた時に、『オー！ファーザー』だけは、ちょっと疑問を感じたんです。これはおもしろいけれども、おもしろい「だけ」のものになっていないだろうか、と。他の作品と交換可能に思えちゃったんです。

そういうことがあって、『オー！ファーザー』は、『ゴールデンスランバー』よりも前に書き終えていたのにもかかわらず、数年間は単行本にする気になれませんでした。そのあと、『ゴールデンスランバー』、『モダンタイムス』(講談社)、『あるキング』、『SOSの猿』などを書いてみたあとで再読したら、これはこれで僕らしさが出ていておもしろいと思えるようになって、手を入れて単行本化したのですけれども。

まぁ、当時は、新聞連載の仕事もはじめてでしたから、今思えば、得意のパターンで書いて、それでよかったんですよね。でも、いったんは本にするのを見合わせたというぐらいには問題があるなとは感じていたわけです。

その頃、うちの奥さんと話していたら、何かのきっかけで、たぶん、今のあなたの小説の読者の数はありがたいことに多すぎるし、本来のあなたのキャパシティよりも多いんだから、減っちゃうくらいでちょうどいいんじゃないの、と言ってくれたんですよね。減っちゃうくらいがいい、なんて贅沢な話ではあるんですけど。

で、多少、読者が減るのは仕方がないから、もっと極端なことをいろいろやって、読者のことはあまり考えないようにしよう、と思って、それじゃあ、と『ゴールデンスランバー』を書いたところはありました。

それまでは、いかにもハリウッド映画のように物語の定型に乗ったものっていやだったんです。けれども、『ゴールデンスランバー』を書く時には、今回は趣向を変えて、そういうものに挑戦してみようかな、と思えて。

できあがると、うーん、おもしろいかもしれないけれど、これは何となく僕らしくはないのかな、とも感じたのですが、出版してみたら、意外に読者の数をむしろ増やすことになって、しかも、これまでの集大成とまで言ってもらうことが多くて、複雑だったんですが（笑）。

で、『ゴールデンスランバー』でハリウッドの定型的なストーリーを書いていたのと同時期には、週刊漫画誌である「モーニング」で『モダンタイムス』（講談社）という、かなり変化球的な、僕らしいひねくれた作品も書いていたので、相当やりたいようにやっていたんですよね。そのあたりについては、転機なのかもしれません。

――物語の伏線については、どのようにお考えでしょうか。

伊坂　僕の小説って、前に知り合いから「ブーメランみたい」と言われたことがあるぐらいに、「前に投げておいた伏線があとで戻ってきて背後からグサッと突き刺さる」みたいなところでおもしろがってもらえているところもあるみたいですね。

ただ、そういう仕掛けって、何作か続いたら読むほうとしては慣れてきて、お、きっとこのブーメランが戻ってくるんじゃないのかな、と読みながら見当をつけるようにもなるでしょう。僕の場合は、もうずっとそういう戦いを読者としてきているので、そういうテクニックはかなりついてきたような気がするんです。

このブーメランは、いったんここで伏線として回収しておきましたよ、と見せかけておいて、さらにあとでもう一回返ってこさせるようにしよう、とか、ブーメランと見せかけて返ってこない、とか。

まあ、読者も、僕の作風には慣れているんですから、これは何かの伏線なんだろうなと思われたとしてもおもしろさを損なわない。あるいは、たとえ伏線だとわかっていたとしても、それがいつどこで発火するのかわからない。そういう楽しみを出そうとは心がけていて。

ただ、ずいぶん前ですが、まだネットの感想を見ていた頃に、読者の感想で、「回収されていない伏線がある」という言い方があって、「え?」と思ったんですよね。それって、別に僕は、伏線でも何でもないものだと思って書いたはずで、「伏線」というのは、「回収されたからこそ、伏線だと決定される」と思うんですよ。

まあ、そこは要するに、「絡んでこないエピソードがあった」であるとか、「あの部分も結末がわかればすっきりしたのに」という意味合いなんでしょうが、そういうのを見ると、「何でもかんでも伏線」と思われているんだな、身構えられているんだなぁ、という気持ちになっちゃうんですよね。まぁ、それを前提に戦うしかないんですが。

でも、読者の「これは伏線なんだろうな」という予想は、それだけたくさんなされるものなんですから、どれかは当たるんですよね。だから、僕が大切にしているのは、何が伏線になるのかというよりは、どのように伏線のブーメランが戻ってくるのかわからないかららハラハラする、というところで工夫することなんです。

ある時期、これまでは割と普通に伏線を張ってきたけれどもそろそろみんなこういうのには慣れてきたな、普通にやっているだけではバレちゃうな、と思った時期に、『死神の精度』（文春文庫）では、はじめて「伏線をまったく張らない意外な結果」というのにも挑戦してみたんですね。

物語のかなり早めの段階で出てきていて死神に助けられたという女の子が、あとあとになって、え、この人だったんだというかたちで出てくる。これについては伏線としての体裁は取らないで、パッとかなり唐突に出してみることにしました。

「もうこれで行こう。みんなにバレてつまらないと言われるぐらいなら、まったくのノーヒントで行っちゃおう。たぶん、わかるわけないじゃんか、と怒られるだろうな」と開き直って、やってみたら、そういう意外性についてはけっこう「おもしろかった」と評価をいただくことも多くて。やっぱり読者の反応というのはわからないものだよなとは感じています ね。

――そもそも、あとになっても「なるほど、そういうことだったんだな」と思えるぐらいに人物や出来事の細部を印象的にしておく技術に、伊坂さんはとても長《た》けていますよね。

伊坂　「あれ、そんなの書いてあったっけ?」と前のページまで戻って確認しなければならないトリックって、僕は読者としては苦手なんですね。だから、ページを前まで戻らなくてもいいように、電車の中とか休憩時間とかの合間にバーッと読んでいるというぐらいの集中の度合いであってもわかるように、大事なシーンは印象づけておこうという気持ちはいつも持っています。

伏線をくっきりと印象づけるものにしたり、記憶に残るものにしたりするほど、ここは伏線なんだよなとバレてしまう危険性は増えますけど、でも、だからと言ってわかりにくくしちゃったら意味がない、と僕は考えています。

そのあたりというのは、もう読者に対する親切さと不親切さのバランスの取り方が求められるところなんです。

『グラスホッパー』やそれに続く『マリアビートル』では、今読んでいるのが誰のパートかわかるように、区切りで人物のハンコが出てきます。あれなんかも、あからさまに親切ですよね。

あの話で、語り手を伏せる必要はないですし、読者に余計なストレスを与えても仕方がないだろうと思ってわかりやすくしたんです。そのことによって、楽しみやすくなるということはあると思うんですよ。

もちろん、時には『あるキング』でやったように、あえて読者には不親切にして、これは誰の視点なのだろう、と読みながら判明していくことを喜んでもらいたいという場合もあります。

そのあたりは、けっこう毎回かなり自覚的に調整をしているつもりなんです。親切さのバランスって、とくに物語のはじめの頃にはかなり重要ですよね。『マリアビートル』で言えば、蜜柑と檸檬という果物の名前のコンビが出てきますが、あれもかなり早めの段階で、どっちが『機関車トーマス』の中のセリフを引用する奴なのかというのは頭の中に入れておいてもらわないといけなかった。そうでなければ、いちいち、「あれ、蜜柑がどっちの奴だったたっけ？」と読者が止まっちゃうじゃないですか。


ある仲介業者が、「蜜柑は付き合いやすいが、檸檬は面倒臭い。果物だって、レモンは酸っぱくて食べられないだろ」と言ったことがある。その通りだ、と蜜柑は思った。（『マリアビートル』より）

だから、最初に、あ、鬱陶しいほうが檸檬なんだ、と、それとなく印象に残りますよね。ああいうのはかなり自覚的です。

――物語の風呂敷を広げること、閉じることについてはどのように考えていますか。

伊坂　『ゴールデンスランバー』を書く時期あたりから僕が変化してきているのは、「物語の風呂敷は畳まないで、いかに納得してもらうのか」にチャレンジしているところなんです。

物語の風呂敷は、畳むプロセスがいちばんつまらない。今、僕は書いていても読んでいてもそう思っています。だから、物語の風呂敷は広げるけれど、畳まないで楽しんでもらいたいんですね。

しかも、それを、「逃げ」とは見えないかたちにしたいな、とそれが最近はすごく大事な挑戦です。

初期の頃から、伏線を回収して、すっきりする、といった作風が評価されてきたような気がするんですが、でも、それほど器用なほうではないんですよ。けっこう大雑把な性格ですし、自分でいろいろな小説を読んだり映画を観たりしていても、畳まない物語も平気と言うか、むしろ、「この畳まなさ具合にこそ味があるんだよな」みたいに受け止めて楽しむタイプなんです。

逆に、書けば書くほど、さっき言ったみたいに「物語というのは話を畳んでいく過程がいちばんつまらないよな」ということを痛感して、そこに葛藤を感じてはきていました。だからこそ、この何年間か、『ゴールデンスランバー』も含めたそれ以降の作品で試した「風呂敷を畳まない」という変化は、大きいと思っています。

話をきれいに畳んでおいたほうが、話を閉じてないじゃないか、という突っ込みは来ないですから、書くほうとしては何か安心できるというところもあるのですけどね。で、いかに物語の風呂敷を畳まないで納得してもらうのかにはじめて挑戦したのが『ゴールデンスランバー』からで、その方向をかなり推進させたのが、『モダンタイムス』なんです。

だから、そういうことをやりはじめて以降の僕の小説というのは、「話、畳んでないんじゃないの？」と言われたらほんとうにその通りですとしか言いようがない。ですけど、それでも畳んでいるようには見せかけたいんです。そこにそれなりの技術を注いではいるんです。

『モダンタイムス』を書いている時には、前半のほうで仕事の依頼を受けたはずの会社に電話が一向につながらない、というあたりを書いた時点で、担当編集者から、このまま、カフカをやりましょう、と言ってもらえて吹っ切れたところがありました。そうか、これってカフカなんだなぁ、と思って。

もちろん、少しでも不条理っぽいところが出てくると何でもカフカ、というのは個人的にはいかがなものか、と思うんですが、まあ、カフカはあくまでも掛け声みたいなものでして、これでいいんだ、と方向を決めることはできました。

もともと、僕としては『モダンタイムス』は書く前から「肩すかし」みたいな話にしたいという心づもりはあったんだけど、早めの段階でそれを編集者と決められたことで、よし、と思えたんですよね。

ただ、「モーニング」での週刊連載の途中には、ずっと、これは読者にどう思われているのだろうか、という恐怖感がありました。最後まで書き終えて、毎回の挿画を描いてくださっていた漫画家の花沢健吾さんの「いい終わり方だと思いますよ」という感想を担当編集者から伝えてもらった時には、少しホッとしましたね。あ、これでも納得してくれる人はいるのだな、と。

――『モダンタイムス』はシステムという大きなテーマについての話ですから、あんまり変に小さく畳まれても困りますもんね。

伊坂　僕も、そう思っていたんですよ。

だからそういう展開にしたんですけど、それを読んでくれた人がどう思ってどう受け止めてくれるのかな、というのがけっこう心配で、実際、多くの読者が不満を抱いたような感触があって。

――物語の風呂敷の話で言うなら、伊坂さんのすごさって、「いろいろ出てきた問題については謎のままでも、登場人物たちの心については、いつもきれいに話を閉じていること」かなと思っていました。

伊坂 あ、何かすごいこと言うじゃないですか。

――いつも、そこが伊坂さんの持ち味だと思っていたんです。『モダンタイムス』の冒頭の「勇気はあるか?」という質問に対しても、主人公の心がどこでその問いに納得するのかについては、話を畳んでいますよね。

『ゴールデンスランバー』で言えば、「だと思った」とか「痴漢は死ね」とかの言葉によって、登場人物は納得できてつながれる、というように、きれいに心が畳まれていて。

そういう、切ない人たちどうしがどうつながって納得できる場所を見つけられるのか、みたいなのは、『重力ピエロ』でも『砂漠』(新潮文庫)でも、他の多くの伊坂さんの作品でも見られるさわやかな長所だな、と思っていたんです。

何だかいつも、読者と登場人物とがいい友達になれたな、みたいなところで話が終わっていますので。

伊坂 言われてみると、そういうところもあるのかもしれないな。

「伊坂幸太郎は、物語は畳まないけれども心は畳もうとしている」というのは、自分からは「そうなんですよね。心は畳もうと決めているんですよね」と即答できるほど言語化してきたわけではないけど、あんまり違和感のない言葉かもしれません。

確かに、少なくとも僕自身はむしろ、風呂敷を閉じない物語にこそ納得できているんだけど、それは、今言われたようなこともあるのかもしれない。

『モダンタイムス』で、主人公は最初にも最後にも「勇気はあるか？」と聞かれる。はじめはうまく答えられなくても、いろいろなことがあって、最後には前を向いて「勇気は妻が持っている」と答えることができるようになった。それに対して僕はかなり納得できているんですよね。

確かに、そうなのかもな。物語の筋としては完結していない。でも、登場人物の心境は、それぞれの中では完結している。そういうことなのかもしれません。

――「伏線の回収」と「物語の風呂敷を閉じないこと」の間のバランスは、どのように取っていますか。

伊坂 確かに、伏線の回収うんぬんという問題は、僕の小説に対する評価としてはいつも付き纏うものです。それと「肩すかし」との兼ね合いを、これまでいちばんうまく、自分にとっても喜びと思えるかたちで実現できたのが、『SOSの猿』という作品でした。

そもそも、僕が伏線を張りはじめた時というのは、こんなにほとんど自己目的化してしまうほどの価値とされるとは思っていませんでした。ストーリーの中でいきなり驚きを与えても良かったんですけど、それではおそらく読者は納得してくれないだろうから、と前フリをつけておいたところが伏線になった。そういう設計の作品が多かったんです。

そうした伏線が、そのうち、読者にとってのある種の快楽になっていると指摘されるようになっていったんですね。

その反応に関しては、なるほどなぁと思うところはありました。そもそも、こちらとしてもそういう伏線もいやではないと思っていたからこそ、書いたわけですからね。

ただ、『ゴールデンスランバー』から、風呂敷を畳まないストーリーに挑戦しはじめて、『モダンタイムス』では伏線の回収はやりませんよ、というタイプの話を書きました。そして、そのあとの『SOSの猿』で到達することのできた「伏線と肩すかしのバランス」というのは、自分ではかなり気に入ったものにはなったんですよ。

『SOSの猿』で僕がやったのは、伏線を回収はしませんよ、というのを突き詰めすぎずに、しかし、単に伏線を回収するわけでもなく、という中間あたりを狙ってみることでした。

物語のかなり前に出てきていた「意味なく持ち帰らざるを得なかった段ボール」という要素は、見る人が見ればいかにも伏線らしいと思えるところですよね。それをのちのちになって積み重ねることで悪い奴の乗っている車を止めようとするシーンなんて、「さぁ、来ましたよ！」「ほら、前に出てたあの段ボール、期待通りに何十個も積みますからね！」と伏線を効かせたかたちできちんと使っています。「みなさんごぞんじの、あの伏線ってやつです」という。

でも、その行動って、ストーリーの上では失敗に終わって、肩すかしに終わります。「ほら、伏線をやりますよ」「はい、やりました！」「でも、失敗はしましたけれども」みたいな、その脱力するような構造が、僕としては、思いついた時にはすごいおもしろいなと思えたんです。

ただ、こちらの達成感と読者の満足度はえてしてして一致しないものでして、それについては、刊行時に書店員さんからも言われました。

「伊坂さん、あそこで段ボールを使うんだけど成功はさせなかったところって、あれは作者としてはずいぶん我慢をしたんじゃないですか」

僕自身としては、気持ちのいい肩すかしを求めてそこに行き着いたんだけど、やはり、読むほうとしてはそれは物足りないのか、と思いました。

で、そこで、もう昔のような作品が書けないと思われるのも悔しいな、という気持ちも強くなり、『バイバイ、ブラックバード』（双葉社）というのを書いたりして、今に至っているわけです。

伏線回収の技術を楽しんでもらえること自体はありがたいんだけど、そんなふうに、読者の反応というのは僕にはなかなか予想できないところではあるんですよね。予想はするんだけど、外れる、と言うか。だから、不思議なんです。試したこととその結果っていうのは。やってみないとわからない。

作者本人としては『ＳＯＳの猿』ぐらいの肩すかしって、いちばん「このバランスはちょうどいい」と感じられるものなんですよ。『モダンタイムス』という作品を個人的にかなり好きなのも、「システムと対決するが、何も変えられない」という、その肩すかしをさせるところにおいて、なんです。

どちらの作品でも、結局は何も達成はされていないけれども、という「けれども」のあとに残る余韻みたいなものが好きなんです。ただ、読者のみなさんの反応を見ている限りではそうでもないみたいで、そこはけっこう悩ましいところでもありますね。

それで、できたばかりの『マリアビートル』では、一連の「肩すかしもの」に対する当たりの厳しさを受けて、「わかりました。じゃあ、みんなが待っていてくれていそうなタイプのストーリー展開、ぜんぶやろう」と取り組んでみました。

別に開き直りでもなくて、まだやろうと思えばできるんですよ、と見せたかったと言うか。伏線の回収も「徹底的にやる」というのは難しい課題ですから、やりがいもありました。

『マリアビートル』の後半にある新幹線の設備に関する伏線の回収にしても、最初に書いている時にすでにアイデアは持っていたものの、まぁ、やっぱりちょっと大袈裟なのかな、さすがに無理があるな、とカットしていたんです。

でも、改稿中に、「いや、今回はとことんやる、と決めたのだし、普通にやったらいかにもわざとらしくなるところを、どうバレないように物語の中に納めるのか、という処理も含めて今回はおもしろがってもらおう」と思い直したんです。

よし、今回はもう徹底的に、新幹線という閉鎖空間の中で張れる伏線はぜんぶ張って回収させよう、やらないわけにはいかないぞ、と実現させることにしました。

――『モダンタイムス』は、伊坂さんにとって、はじめて漫画週刊誌に連載した作品でしたが、どのように書き進めたのでしょうか。

伊坂　それはやはりそれまでとは違っていて、新鮮でしたね。漫画の雑誌に小説がただ掲載されているというだけではなく、漫画の読者にもちゃんと読んでもらいたかったので、最初に依頼をいただいてから連載をはじめるまでの期間、ずっと、どうしたら漫画の読者に小説を読んでもらえるのかな、と考えていました。

連載の依頼をいただいたのは『魔王』（講談社文庫、『モダンタイムス』はこの作品の続編にあたる）の単行本が出た二〇〇五年の秋頃だから、連載がはじまる一年半ほど前でしたね。翌年から「モーニング」の担当編集者が、年に三回か四回は定期的に打ち合わせに来てくれました。

この段階ではあらすじはほとんど決まっていませんでした。開始の一年前くらいから、漫画の雑誌に小説で何を書いたらいいのかについて相談していたんですよね。で、小説ってたくさんの情報を盛り込めるなぁ、と思ったりしたんですよ。

『モダンタイムス』は四〇〇字詰の原稿用紙で言うと、毎回、一六枚ぶんの連載でしたけれど、この一六枚の間にいろいろなことを説明できるんですよね。当然と言えば当然なんですが、この一六枚の小説を週刊連載の漫画に起こしたら、内容の大部分を説明できないまま一週間ぶんが終わってしまうはずです。漫画はどうしても「場面」を描かないといけないですし。

相手は漫画編集者だから、打ち合わせは自然に小説と漫画の差についての話になるんです。それで、小説の長所として僕が出していたのは「抽象的な言葉からイメージを浮かべられる」ということでした。その「抽象的な言葉」の具体例として出たのが、「勇気」という言葉なんです。

「今日、勇気を失った」と小説で書いたら、読者は何となくですけどあるイメージを浮かべることができますよね。でも、漫画で勇気を失った表現をするためには、場面を視覚で見せたりけっこうたいへんになるんです。

打ち合わせで「抽象的な言葉でもイマジネーションを広げられるのは小説の力ですよね」と話をして、「でも自分の勇気の量を知るのって怖いですよね」みたいな会話が印象に残っていて、物語の冒頭は「勇気はあるか?」という文章になったんですよね。

連載にあたって言われていたのは「摑み」と「引き」は意識しましょうということでした。漫画家は毎週、それをやっているんですよ、と。だから、最初に読者をすごく引き込ませて最後は期待を持たせる、というのは、毎回成功しているわけではなかったかもしれませんが、とりあえず意識はしていましたね。

毎回一六枚の連載の一枚目は車の一速からギアを入れ、それで一六枚目には五速で走っているというような感覚です。毎回の連載で「摑み」と「引き」のおもしろさを出すために、次の回の一枚目はまた一速からギアを入れはじめる。こういうやり方で小説を書いていったのははじめてでした。

「摑み」と「引き」を細かく刻んで進んでいく物語は、ずっと五速でドライブしていくような直線的な物語とは違いますから、読んでいるほうはしんどいような気がするんですよね。五速に入ったのに、また一速に戻ってというかたちですから。でも、この作品ではそういうことがやりたかった。

——毎週、どのようなことを考えながら、『モダンタイムス』の連載を続けていたのでしょうか。

伊坂　執筆中は、とにかく物語の先の展開を気にかけないで、目の前二週間ぶんの原稿に集中していました。連載に先行して書きはじめたので原稿の書き溜めはあるんですけど、頭の中にあるのはつねに二週間ぶんの展開だけでした。

物語の大きいワクだけは連載前に決めていたんです。「インターネットで検索をしたら誰かに何かをされていて、そこにはある事件の裏側が隠されていて」という程度ですけど。あとは「事件の裏側の悪役を倒して万々歳といういちばんわかりやすい展開は捨てましょう」と決めていたのかな。

原稿の貯金があるから精神的なプレッシャーはあんまり感じませんでしたが、連載期間の「そのつど目の前二週間ぶんの原稿をおもしろくすることだけに集中する」という五六週間は、短距離走を繰り返すようなものでしたね。

水曜、木曜、金曜、土曜と三日から四日かけて一六枚の原稿を書いて土曜にメールで送って、というのを二週間ずつやって、そのたびごとに編集者が打ち合わせに来てくれるんです。そこで次の二週間の内容を決めます。

それをずっと一年と何ヵ月か繰り返したので、たいへんではあったんですが、不安ではありませんでした。連載している間、よく奥さんに話をしていたんですけど、「僕はただ、今週と来週のぶんを書けばいいだけ」なんですよね。二週間ぶん、全力で走るだけなんです。

あらすじの相談も漫画の打ち合わせと違って細かいところまで詰めないで「次の二週間のポイントはこうしましょう」という程度だったんですが、それでも、大袈裟に言うと打ち合わせのはじめのほうには、ボサーッと話を聞いていれば、編集者がアイデアを言ってくれるわけです。

そのアイデアに反応していくと、何かができあがっていくんですね。二週間に一回の打ち合わせはだいたい一時間ぐらい、早ければ二〇分で終わって、あとは大半の時間は「最近の『モーニング』の漫画ではこれがおもしろい」などと雑談をするぐらいでしたけれど、とにかく、物語の展開を知っている編集者でもおもしろがれるものを書いて、いかに笑わせられるかという仕事に二週間は集中して全力を尽くした、そんな感じです。

二週間ごとに息を継いで連載を続けるやり方は、おもしろかったですよ。次の打ち合わせまでの二週間は、もう水中に潜っているかのように集中するんだけど、二週間って、ちょうど耐えられるぐらいの期間なんですよね。それで「はぁ、終わった」とまた顔をあげて一息ついたら次の二週間の内容を決めて、また、毎回の連載を単体で読んでもおもしろくするためだけに力を注ぐ、という。

この繰り返しは、二週間単位だからできたんじゃないかな。もしもこれが一ヵ月とかだったら途中で疲れて不安を感じていたかもしれませんし、集中力も切れていたのかもしれません。逆に、打ち合わせが一週間に一回だったとしたら、時間に追われてそれはそれできつかっただろうから、この間隔はちょうどよかった。

時には、一回の打ち合わせの内容が三週間ぶんになることもありましたけど、きっちり、二週間に一回の打ち合わせを続けていきました。連載は五六回だから、完結までに二八回の打ち合わせを重ねたわけですね。

それまでの小説は、大半がひとりで、はじめから終わりまで具体的な打ち合わせはしないで書いていました。『モダンタイムス』は、漫画編集者と打ち合わせをして書いたので「だからこそできた」作品かと思います。

——どういうところが、漫画の編集者と組んだからこその作品だと思いましたか。

伊坂　漫画の編集者は、現場でアイデアを言うのに慣れているのか、どんどん意見を言ってくれるんですよね。普通、アイデアを否定されたらどうしよう、却下されたらどうしようと発言を控えがちになりますよね。でも、ダメもとで思いついたことをぜんぶ伝えてくれるんですよ。

もちろん、さんざん話して「やっぱり、最初のアイデアがよかったね」となることもありましたけど、「おもしろい」「ベタだ」とふたりで話していると、喋りながら自分で物語を分析できることも多くて。しかも、僕がアイデアを言っても、けっこう「うーん、他にあるんじゃないですか」みたいなスタンスなんです。

それまでは、アイデアを話すと「それ、いいですね」という返事をもらうことが多かったんですけど、『モダンタイムス』では、「もっとおもしろくしたいので考えてみたんですけど」と編集者が提案してくれて、それが小説をよくしてくれました。やたら資料を読んでくれていたり、関係のある資料を送ってくれたり、そういう提案やサポートは作品にとって重要なところに反映されています。

僕は、作品には特定のメッセージは込めないし、テーマよりも細部に入り込むほうですけど、『モダンタイムス』の担当編集者はテーマを重視してテーマに戻ろうとする傾向がありました。そのやりとりもおもしろかったです。

原稿の書き溜めが減ったのは、途中で作中小説が出てくる部分でした。作中小説は今回の『モダンタイムス』ではじめて挑戦したことで、もともと作中小説は読むのも好きではないほうなので、自分ではやりたくなかったんです。

でも、これも編集者が「今回はやりましょうよ」とずっと言ってくれていて、なかばイヤイヤでやることになりまして。でも、これが苦労しました。書き下ろしの作品ならまだ気にならないのですが、週刊連載の作品では「今週は作中作だけ読んでおしまい」というのは、ちょっとダメなような気がしたんです。

そこはやはりうまく動かなくて、これはもう無理かなと思ったんですよね。ここで締め切りを気にしないで、違和感を素直に伝えてくれたのも編集者です。ただ単純に違和感を伝えるだけではなくて、「どうして今回のぶんだけは自分が乗って読めないのか、考えてみたんです」と言ってくれて。

これは、言うのに勇気と時間が必要なことだとは思うんです。違和感があったら、どうしたらおもしろくなるのだろうかと考えてくれて、こういう理由でこの部分で行き詰まっているから、こういうふうに構造を変えたらどうでしょうかと提案してくれた。書き直したら、スッと読みやすくなりました。

こういう形式で編集者と組んだのははじめてでしたけれど、おもしろかったですね。みんなこうやればいいのにとまでは言いませんが、こういう形式で作家と編集者が小説を書いたものばかりを集めた文芸誌もあっていいのかもしれないとは思いました。

もちろん、これからの小説をすべてこういう形式で書いたらワンパターンになるだろうし、毎回、おもしろくなるかと言えば違うだろうとは思いますが。『モダンタイムス』に関して言えば、かなりの量のアイデアを編集者からもらっているんですよ。

――『モダンタイムス』のテーマは、巨大な世の中の仕組みと言うか「システム」についてで、これは小説家になる前の、システムエンジニアだった会社員時代のことが生きていますね。

伊坂　会社員時代の発注形態や設計書のことを膨らませて書いていますけど、国家規模のシステムについては、それほど知識があるわけでもありませんでした。それこそ最初は打ち合わせで佐藤優さんの『国家の罠』（新潮文庫）について「国家って怖いねぇ」と雑談しているような、そんなレベルからはじまりましたので。

でも、何となく「そういうことになっている」と言うしかないシステムに囲まれて、誰が悪の本体なのかわからないなんてことは、日常生活でみんなが感じていることだとも思うんです。それを自分も感じているからこそ、今回、そういう話が出てきたのかもしれません。

システムは「そういうことになっている」。だけど、「だから仕方がない」と言ってしまうのはつらいわけで、そういうシステムの中でどう生きていくのかという物語を書きたかったんです。

——伊坂さんにとって、読者とはどのような存在なのでしょうか。

伊坂　読者の反応って、さきほども言ったように、自分ではぜんぜん予想がつかないものなんです。ただ、小学三年生からの「お母さんに薦められて『重力ピエロ』を読みました」「他にも『死神の精度』を読みました」というファンレターを受け取って驚いたんですけど、僕の小説はやっぱり読みやすいんでしょうね。すごいな、と思う一方で、なるほど小学三年生にも読めるんだな、と複雑な気持ちにもなって。

この「読みやすさ」はコンプレックスでもあるんです。やっぱり、「わかる人にだけわかる」という作品には憧れますし。ただ、最近は、自分はそういう読みやすいものしか書けないのだということを理解してきてもいまして。

前はもう少し強気で、「難解な小説も書けるんだけど、あえておれはこれをやっているんだ、読みやすいに越したことはない」と思っているところがあったんです。よく言われるように「誰でも知っていることをわかりづらく書く」のは最低だから、「誰も知らない、誰も見たことのない世界をわかりやすい言葉で書きたい」という意識が強かったんです。

その意識は今もありますが、ただ、最近は自分の身のほどを知ってきたと言うか、自分はこれしかできないんだなと思うようになっています。

前は小説では誰にも負けたくないという意識も、もっと強かったんですけど、今は自分のアイデアで作りだした物語を「好き」とは思うものの、他の人と比べることはあまりなくなりました。何とか無事に、好きな小説が完成したらそれでいい、という感じです。

わかりやすい小説のほうがいい、と思えなくなったのは、家に「群像」(講談社)が送られてくるようになったからですかね。僕は純文学もすごく好きなんですけど、阿部和重さんの『ピストルズ』(講談社)とか眺めていると、それこそ、びっくりするような文章がたくさん出てくるし、密度も濃いし、これはどうやっても僕には書けないだろうな、読みやすさを貫いたほうがいいな、と思いました。

僕の作品は会話が多いんですよね。だから、これは脚本みたいなものなのかな、と悩むこともあるんですけど、脚本ではなく小説のおもしろさもきっとあるはずだ、と信じたいんです。ムダな会話はないようにしているつもりです。しかも、会話文の中でも、「コンビニ」と書くのは抵抗があって、「コンビニエンスストア」とか書きたくなるんですよね。

——作品に特定のメッセージを込めないようにしている、とおっしゃっていたことが印象的でした。

伊坂　僕は、作品を書く前に「これだけは言わなければならない」というメッセージを想定することがありません。と言うよりも、たぶん、「言いたいこと」はあるんですけど、それはメッセージと言うよりはもっと曖昧なもののような気がするんです。

だから、メッセージはない、テーマはないとしか言いようがないんですね。ただ、それでも、「あー、おもしろかった」で終わられるのもいやなんです。小説を読んだことで、誰かに何かが沁《し》み込んでくれればいいなという感じなんですかね。さきほども言った、漠然とした隕石を落とす、というのとも同じですけれど。

ただ、「世界はこんなにも酷《ひど》くて、人間は愚かなんだよ」というようなことを、フィクションを通じて伝えることには違和感を覚えるようにはなってきているんですよ。そんなことはみんな知っていることだと思うんです。それこそ、ニュースを見ても、ネットを見ても、つらくて酷いことばかりじゃないですか。だから、それをわざわざフィクションにまでして伝えるスタンスは、僕には取れないんです。

かと言って、「人間は素晴らしい」「未来はバラ色だ」みたいな話も、僕には信じられなくて、やはり悲観的な性格のためだと思うんですが、だから、その中間あたりを書きたいんです。ウソでもいいから、ハッピーなものを、でも、白けないものを。そんな感じで。恰好いい音楽を聴くと、もしもそれが悲観的な歌詞であっても「よし、今日も仕事に行こう」とかなるじゃないですか。たぶん、それに近いんです。

　こういう話を『ゴールデンスランバー』が賞をもらった頃の取材で言ったら、ある記者さんに「それ、沢木耕太郎さんも書いてました」と教えてもらいました。沢木さんは少年時代に『ローマの休日』に感動して、はじめに思ったことが「よし、宿題をやろう」だったんですって。本当かどうかわからないですけど、でも、そういうのがいちばんだなぁ、と思いました。

　僕の小説もそうなっていてほしいんです。栄養剤になってほしいとか元気を与えたいとかって言葉は胡散臭《うさんくさ》いですし、そういうのともまた違うんですけど。「作りもの」の効用ってそういうのだと思うんです。音楽も映画もいい作品に接したら「あんなすごい世界を見てきたのだから、仕方がない、仕事をやろう」とか思うわけです。

　作品から得た知識を生活で応用したいなんて、僕は思わないんですよ。だから僕の書くものにはタメになる知識とかはないですし、「世界はこんな感じなんだ」と学ばせるような力もないんですよね。たとえば、『モダンタイムス』を読んで、「よし、この通りにやったらうまくいくぞ」なんて思うはずがありませんし。

だから、小説の中に人生の解答ってないような気がするんですよね。少なくとも僕の小説にはないです。映画がそうであるように、小説は勉強するものではなく、やっぱりそれこそ「沁み込む」だけのものなんじゃないかな、とそんな気がします。

『モダンタイムス』の題名はチャップリンの映画からもらいました。連載の途中でチャップリンの自伝を読んだら、ファンから批判を受けている孤独と不安の渦中で、切実にその時代に向けて映画を作っていたことが伝わってきて、泣きそうになりました。おこがましいですけど、自分の気持ちと重なっちゃったんですよね。

チャップリンの『モダンタイムス』がチャップリンの時代に向けて切実に作られたように、僕も『モダンタイムス』を、今の時代に向けて切実に書いているつもりです。読者は見えないですから、たぶん、今の僕に向けて書いているんでしょうね。もちろん、小説を書くなら他人の視点は意識せざるを得ないけど、誰に向けて書いているのか、は正直に言ったら「今の自分が読んでおもしろいもの」になるんです。

――『モダンタイムス』は、書き下ろしの『ゴールデンスランバー』と同じ時期に書いていました。このふたつをまとめて「現時点までの自分の小説のすべてを詰めた二作品」と、書いた当時はおっしゃっていました。

伊坂　『ゴールデンスランバー』と『モダンタイムス』を並行して書いていた時期は、かなり充実していました。書いている最中は「このふたつさえ書ければいい」と思っていて、ほんとうに二作で一対になって書いているようなイメージがあったんです。だからその次に着手したのが、『あるキング』とかああいうタイプのものになったんですが。

で、『ゴールデンスランバー』はひたすら逃げるという直球の物語ですけど、ちょうどこの二作に自分の小説の球種はすべて詰まっていると思うんです。『ゴールデンスランバー』は集大成と言われ、それはそれでうれしかったですけど、やはり、僕の好きなバカバカしさという要素は足りないような気がしていて、そういった部分は『モダンタイムス』のほうにより詰まっているような気がするんですよ。だから、二作品で集大成のような気がして書いていたんです。

とくに『モダンタイムス』は突っ込みどころはいくらでもあるけど、自分にとって大事なものが詰まっているような気がします。『ゴールデンスランバー』と『モダンタイムス』に共通しているのは、主人公が逃げる展開で、逃げることをいかにずるくなく見せていくかという話なんです。

世界には大きな問題もあるし、人生を損なってもいいから、とそういう問題に立ち向かう人もすごいですけど、僕は人生が損なわれない方向に進む人間を書いちゃうんですよね。たぶん、性格的にそうなんですよ。

僕個人は普通の人なので、社会の大半がシステムで「そういうことになっている」のであれば、「そうか、そういうことになっているのなら仕方がないな」と受け容れちゃいますし、悪人とされる人がいても「あの人も何か事情があるのかもしれない」とかいろいろ考えてしまって、結局、悶々としちゃうタイプです。ですから、僕の書く物語にたまに登場するシンプルで強い人間は、自分で書きながらもうらやましく思います。

――『モダンタイムス』では、いわゆる「掴み」の部分の小さいネタが印象的でした。

伊坂　「掴み」の描写については、打ち合わせを綿密にするわけではなかったんです。打ち合わせで決めたプロットに絡んでいくかたちで好きに考えて書くというもので。で、あの時に話をしていた内容が、こんなふうになりましたよ、と担当編集者を笑わせたいなと思って書いていました。

いびつな三者会談がはじまる。

中学生の時の、進路に関する三者面談を思い出した。その日、どういうわけか学校に現われたのは隣の家のおじいさんで、どうしたのかと訊ねれば、私の母親が急に盲腸炎で病院に運ばれたのだという。それならば、三者面談も延期すれば良かったのにと思っていると今度は、担任の女教師もが盲腸炎で倒れ、やはりそちらも代役として教頭先生が登場してくることになった。日頃、接点のない教頭先生と私と隣のおじいさん、という支離滅裂な三者面談が行われ、私の進路に興味もなければ責任もない二人と曖昧な会話を交わした。あの三人組も奇妙だったが、今のこれもかなり、変な組み合わせだった。（『モダンタイムス』より）

この箇所なんてけっこう気に入っているんですけど、こういう部分はあまり褒められることがなくて。ただ、こういうのが僕の個性と言えば個性なんじゃないのかなぁ、とは思うんです。

『モダンタイムス』みたいなあらすじの話を書きましょう、という時に、こういう描写を入れてくる人って限られてくるじゃないですか。おもしろい話を入れるにしても、普通はもっと別の話にするんじゃないのかな。そういうディテールが、僕らしさなんじゃないかなとは思うんですね。

こういうちょっとニヤニヤできるところって、やっぱり、物語の中ではなくてもいい部分なんだけれど、こういう部分にしか僕らしさって宿らないんじゃないのかなとは考えているんです。

「ただ、そう考えていくと、最終的に辿り着くのは」永嶋丈は首をぐるっと回した。運動選手の準備運動にも見える。

「辿り着くのは？」大石倉之助は、緒方から離れ、身体を震わせながら椅子に寄りかかった。

「虚無だ」永嶋丈が言い切る。

「虚無？」使い慣れない大仰な言葉に、私は聞き返してしまう。

「虚無？」佳代子と大石倉之助も同様だった。

「アンクル虚無」五反田正臣だけが語呂を楽しむように、駄洒落にもなっていない台詞を吐き、笑った。（『モダンタイムス』より）

ここは個人的には傑作だと思うんですが、当たり前ながら、誰も褒めてくれません。でも、けっこう気に入っているんですよねえ。

物語も佳境に入っていて、そこで「虚無」なんて言葉を使ってしまうと、どうしても話がキザっぽく、深刻になりすぎてしまいがちですよね。そこでちょっとバランスを取りたくなるんです。相対化するか、ユーモアでごまかすか。この場合は、少しでもニヤニヤできるかたちにしているんですが、それが僕のやり方なんです。

——毎回の「摑み」と「引き」は、間に物語を挟んで話題を合わせてあることも多かったですね。

人は知らないものにぶつかった時、まず何をするか？

「検索するんだよ」

会社に入り、システムエンジニアとしての研修をはじめて受けた時、ネットの仕組みについて教えてくれた五反田正臣は、私たちに問いかけ、自分で答えた。ああ、そりゃそうですね、と新入社員の私たちはぼんやりと反応したものだった。（『モダンタイムス』より）

第一二週目はこうはじまって、いろいろなことがあった終わりには、

新入社員の研修の時のことを思い出し、いっそのこと、インターネットで「私の勇気の量」と検索したくなる。二リットルくらいです、と答えが表示されたらそれを鵜呑みにしてしまいそうで、怖かった。（『モダンタイムス』より）

と閉じている、というように。

伊坂　そこは、伏線の処理なんかと同じで、僕が苦労をせずに得意な部分かもしれませんね。

――「摑み」のさらに「摑み」にあたる第一週目は、とくに素晴らしいなと思いました。

伊坂 ああ、ここですか。

実家に忘れてきました。何を？　勇気を。

小学校三年生の時、体育のプールの授業の際、どうしてもビート板から手を離すことができずに水際でぴちゃぴちゃと遊んでいたところ、担当教師の釜石《かまいし》が、「勇気を出せ、勇気を」とあまりにうるさかったために、私はやけ気味に言ったことがある。自宅、ではなく、実家という言葉が口を突いたのは、その頃、母が、「実家に帰らせていただきます」と父によく言っていたからだろう。（『モダンタイムス』より）

最初にどこまで読者を引き込むのかについては、ケース・バイ・ケースではあるんですよね。ただ、少なくとも『モダンタイムス』に関しては、はじめから全力投球でやるしかないとは思っていました。

現実的な話になるのですが、第一回目に関しては、担当編集だけではなくて編集長にも読んでもらって、これでいこうと納得してオッケーをもらわなければいけなかったですからね。

だからこの部分に関しては、はじめからいきなりおもしろく、とは意識して書きました。

ただ、他の作品では、むしろ何でもないシーンからはじまるとかいうほうが、自然に読んでもらえるような気がするんです。『モダンタイムス』の冒頭は、僕は好きですが、鼻につくと感じる人もいるでしょうし。ですから、漫画誌連載で、「摑み」を意識する、ということがなければ、こういうことは書かなかった気がしています。そのあたりは、いろんな要素が関係しているんです。

——『モダンタイムス』で物語が終わる寸前の文章には、幻想も混ざるところが素敵だなと思いました。『SOSの猿』も最後の一ページの文章に、「実際には実現しなかったこと」を混ぜていますね。そういう物語の閉じ方も伊坂さんならではと思って読んだのですが、どのように考えてそうされたのですか。

伊坂　最初に話をしていた、いちいちぜんぶを描写したい、というのとつながるようにも思うんですよね。まずは書いて、その場面を読者に見せたい、という思いと、それほどドラマチックなことをほんとうに起こしたくはない、という気持ちがあるのかもしれません。

「君は、俺の超能力を覚醒させるために、いろいろと物騒なことを仕掛けてきたんじゃないのか？」

彼女は眼を見開いた。私をじっと見つめ、その大きな眼でこちらを包むかのようだったが、そのうちに例によって目を細め、「何言ってるの。超能力なんてあるわけないじゃない」と笑う。

「俺にあるわけない？」

「この世によ。この世にそんなのないって」

「でも、君は、俺に特別な力があるって」

「それはそういうんじゃなくて、普通に特別な力だって」彼女の言う、普通に特別、という言葉が滑稽な響きを持っていた。「たとえばさ、妻を幸せにする、とかそういう力よ」

五反田正臣が噴き出し、そりゃあ、特別な力だ、と言う。「普通はできねえよ」

私は、妻がどこまで本当のことを喋っているのか判断できず、しばらくきょとんとしてしまった。

彼女がもう一度、力強く、私の手を握ってくる。エレベーターは他の階に止まらず、地下二階へ向かった。到着する寸前、私は、隣の妻の横顔をじっと眺めた。

彼女の手を握り返す。

その途端、目の前のエレベーターの壁や天井、床がばらばらと崩れ出す幻覚に襲われる。皮膚がめくれるかのように、四方の壁が剥がれ、ロープやレールが切れた血管のように揺らめく。底の抜けた場所に、私は足をじたばたさせ、落下に怯え、その恐怖で小便を漏らしそうにもなるが、その時、自らの手の先にいる妻の、微動だにせず立つ姿を目にし、我に返った。彼女は幻覚ではない。当然ではあるが、そのことに安堵する。それから、ふと、佳代子が傷だらけとなる姿が頭に浮かんだ。破られたドレスさながらに、身体に傷を負い、息も絶え絶えの彼女が、「わたしも似たようなことをやってるんだから、まあ、やられても文句は言えないよね」と呟いている。いったいそれが何の場面なのか、当然ながら私には分からず、とにかく彼女を抱き寄せるが、するとその血を流した彼女は砂のように崩れてしまう。誰かを傷つける人間は、それが自分に跳ね返ってくることも覚悟しなければいけない。佳代子自身のその考えが、実際、彼女に降りかかる姿を私は思い浮かべていた。

岩手高原で出会った、愛原キラリの言葉が甦る。あの時、世の中は情報ではできていない、と言われた私が、「じゃあ、人間は何でできてるんですか」と訊ねると、彼女はごく当然の表情で、「そりゃあ、血とか筋肉とか骨じゃない?」と答えた。

「大丈夫?」佳代子が何事もないような面持ちで、訊ねてきた。

私はその問いかけに、うなずくことで答えた。そして、何をどう血迷ったのか、今まで発したこともない台詞を口に出しそうになったが、それを言ってしまったらすべてが、陳腐な作り事になるように感じ、どうにか飲み込んだ。

それとほぼ同時だ。正面の液晶画面に表示されている階数をじっと眺めていた佳代子が、そちらを見たまま、独り言を洩らすかのように言った。「愛してる」

腹話術が発揮されたのかどうか、はたまた彼女がただ、自分の意思で発したのかどうか、私には分からなかった。(『モダンタイムス』より)

ここは、担当編集者がとにかくこの「愛してる」というセリフを僕の小説の中で使わせようとしていて、課題のようになっていたんですよね。正直、自分の作品の中で、「愛してる」などと書きたくなかったので、かなり慎重にやりました。

この幻覚でも、いちいち描写はしているんです。エレベーターが崩れて落ちていくというのも、いったん見せたいわけです。書いたらその時点でリアリティのあるものになるのだから、まずは読者にほんとうのことのように体験してもらいたかった。

小説は何でもできるのだから、エレベーターの崩壊を見せたあとで、なかったことにもできるんです。僕はこういう幻覚をいったん見せるようなパターンが気に入っていて、けっこうよくやってしまいますね。


「二郎は、悪魔祓いを続けているか?」ともロレンツォは書いていた。

私は返信するにあたり、日本語で文章を考える。「悪魔祓いの仕事はそれなりに需要があって、何度か僕も依頼を受けたよ。全部がうまくいったとは言えないけれど、効果的だったケースもあったと思う。でも、最近は、悪魔祓いは休業中だ。もちろん誰かが困っていて、僕が役に立てるのなら、それはそれで頑張るつもりはあるけれど、『誰かを救いたい』と思う僕の心自身をもう一度考えないといけない、と思っているんだ。ある人に教わったのだけれど、人間には、メサイアコンプレックスというものがあるらしい。誰かを救ってあげたい、というこだわりで、それは、自分自身の存在価値を証明したい、という弱さから生まれているらしくて」とそこまでキーボードで打ってみて、何だか大仰だな、と思った。イタリア語にすることを考えると億劫で、私は文章を全部消し、「エアコンは誰かを救う。分かりやすいよね。それを僕は売る」とだけ書いた。（『ＳＯＳの猿』より）

意味が重くなりそうなところで幻覚や「いったん書いたけど消してみる」なんて描写を入れるところも、物語の流れとしては要らないところなんです。

でも、何となく書きたくなるんですよね。『モダンタイムス』のさきほどの部分の「じゃあ、人間は何でできてるんですか」「そりゃあ、血とか筋肉とか骨じゃない？」なんてやりとり、今でもかなり好きなんですけどね。

これからの自分の作品についても、ほんとうにものすごいものを作りたいっていうよりは、もちろん全力投球は全力投球だけど、試して楽しむ、の繰り返しになるんじゃないのかなと思います。粘土細工やプラモデルを組み立てているというような感覚に近いのかもしれない。

もちろん、読者は大事ですし、喜んでもらいたいなぁ、という気持ちもあるんですが、とにかく、毎回実験するのが作家の仕事のような気もしますし、時には失敗したり、時にはうまくいったり、といろんなことをやってみたいな、と感じています。

おわりに

本書は、二〇〇八年から二〇一〇年までの「週刊文春」（文藝春秋）、「小説現代」（講談社）、「小説トリッパー」（朝日新聞出版）などの雑誌に掲載してきた、仕事についての取材記事を書き直してできている。

私は、『変人　埴谷雄高の肖像』（文春文庫）の単行本版を一九九九年の二月に出版してからの一一年間ほどで、インタビューという形式の特徴について、ずっと考えてきた。

『変人』で取材をさせていただいた小説家の小島信夫氏は、次のように話してくれた。

「小説には良かれ悪しかれ作家のすべてが出ますが、その作家から出てくるすべてはもはや『一つの意見』ではなくなります。埴谷さんにしても他の作家にしても、そういう全面的なところに魅力があり、その全面に対して一言で評価することはできません。今回あなたはとてもいいインタビューをして下さったと思いますよ。ただインタビューやエッセイは『一人の意見』のかたちで書かれるために、どうしてもその人の一つの切り口に過ぎなくなりますよね。その点で僕はやはり小説家で、全面的なことは小説でしかいえないと思っています。だから小説を書き続けているわけです」(『変人』より)

また、一九九九年の四月に出版された『カポーティ』(ジェラルド・クラーク著、中野圭二訳、文藝春秋)には、小説家のトルーマン・カポーティ氏がノンフィクションに挑戦した動機についての次のような記述があった。

「トルーマンはかねてよりノンフィクションはフィクションと同じように技巧をこらしたものにも、興味津々たるものにもなりうると主張していた。実際にそうなっていないのは、そして一般に文学としては低級であるとみなされているのは、ほとんどが、ノンフィクションというジャンルを存分に活用できるだけの才能のないジャーナリストによって書かれたからである、と言う。『小説のテクニックを完全に駆使できる』作家のみが、ノンフィクションを芸術の域まで高めることができる。『ジャーナリズムはつねに水平の面を動いて、物語を語るのに対して、フィクション、それもよいフィクションは、垂直に動いて、性格や出来事の奥深くまで読者を連れていく。実際の出来事でも、小説的技巧をもって扱えば、このような統合を果すことが可能である』(ジャーナリストはすぐれた小説が書けるようになるまではこういうことはできない。)一方、すぐれた小説家は通常報道を下に見ていて手を染めようとしないし、またたいていの記者は小説の書き方を知らないから、この統合はいまだになされておらず、したがってノンフィクションはその潜在的な力を実現してはいなかった。ノンフィクションは彫刻家を待つ大理石であり、画家を待つパレットであった」(『カポーティ』より)

小島氏の肉声も、『カポーティ』におけるジェラルド・クラーク氏の文章も、基本的には「小説こそが物事を立体的に語れる媒体である」と主張している。しかし、私はこれらの言葉について繰り返し考えるうちに、何となく、「小説の手法の長所」を「インタビューの手法の長所」に当てはめるようにもなっていった。

インタビューには相手の過去の深層に入り込める時がある。回数を重ねれば、多角的、立体的に社会や時代を照らせる。そのため、インタビューを集めたまとめも、著者の一人称でまとめたものとは異なる陰影を持ちうるのではないか、と考えるようになったのだ。

取材の言葉は、語彙や喋り方を反映させれば、単なる情報には留まらずに相手の過去を写生するようなものにもなりうる。もちろん、個人の語る仕事についての談話は「自分を守り、変化を避け、どこで何を眺めても前からの持論しか導けない(何を見ても何も見ていないかのように)」なんてせまい価値観に閉じこもる危険性もかなりある。他人の視点を介在させない過去についての語りは、現実を自分の都合のいいように捉え直し、どの事実にも「自分は正しい」というエゴを貼った一直線の物語にもなりかねないからだ。

しかし、それぞれは専門的な物語論などについての限定的な言葉でも、並列に多く提示すれば、今の時代についての現実が、多角的に浮かびあがりもするのではないだろうか。

本書のまとめに際しては講談社現代新書出版部の田中浩史氏にお世話になり、同じ部署の堀沢加奈氏にはそれぞれの取材が雑誌に掲載された段階から参考になる感想をいただき続けてきた。各雑誌の取材では「週刊文春」、「モーニング」（講談社）、「小説トリッパー」、「小説現代」、「文藝別冊」（河出書房新社）の各関係者のみなさんにお世話になった。ここに、感謝の気持ちを記しておきたい。

二〇一一年一〇月

木村俊介

N.D.C. 916　302p　18cm
ISBN978-4-06-288129-6

講談社現代新書　2129

物《もの》語《がたり》論《ろん》

二〇一一年一一月二〇日第一刷発行

著　者　木《き》村《むら》俊《しゅん》介《すけ》

発行者　鈴木　哲
発行所　株式会社講談社
東京都文京区音羽二丁目一二―二一　郵便番号一一二―八〇〇一
電　話　出版部　〇三―五三九五―三五二一
販売部　〇三―五三九五―五八一七
業務部　〇三―五三九五―三六一五
装幀者　中島英樹
印刷所　凸版印刷株式会社
製本所　株式会社大進堂
定価はカバーに表示してあります　Printed in Japan

「講談社現代新書」の刊行にあたって

教養は万人が身をもって養い創造すべきものであって、一部の専門家の占有物として、ただ一方的に人々の手もとに配布され伝達されうるものではありません。

しかし、不幸にしてわが国の現状では、教養の重要な養いとなるべき書物は、ほとんど講壇からの天下りや単なる解説に終始し、知識技術を真剣に希求する青少年・学生・一般民衆の根本的な疑問や興味は、けっして十分に答えられ、解きほぐされ、手引きされることがありません。万人の内奥から発した真正の教養への芽ばえが、こうして放置され、むなしく滅びさる運命にゆだねられているのです。

このことは、中・高校だけで教育をおわる人々の成長をはばんでいるだけでなく、大学に進んだり、インテリと目されたりする人々の精神力の健康さえもむしばみ、わが国の文化の実質をまことに脆弱なものにしています。単なる博識以上の根強い思索力・判断力、および確かな技術にささえられた教養を必要とする日本の将来にとって、これは真剣に憂慮されなければならない事態であるといわなければなりません。

わたしたちの「講談社現代新書」は、この事態の克服を意図して計画されたものです。これによってわたしたちは、講壇からの天下りでもなく、単なる解説書でもない、もっぱら万人の魂に生ずる初発的かつ根本的な問題をとらえ、掘り起こし、手引きし、しかも最新の知識への展望を万人に確立させる書物を、新しく世の中に送り出したいと念願しています。

わたしたちは、創業以来民衆を対象とする啓蒙の仕事に専心してきた講談社にとって、これこそもっともふさわしい課題であり、伝統ある出版社としての義務でもあると考えているのです。

一九六四年四月　野間省一